Mi amor
¿te cura o te mata?

Mi amor
¿te cura o te mata?

Highlander

www.librosenred.com

Dirección General: Marcelo Perazolo
Diseño de cubierta: Daniela Ferrán
Diagramación de interiores: Julieta Mariatti

Primera edición en español - Impresión bajo demanda

© LibrosEnRed, 2013
Una marca registrada de Amertown International S.A.

ISBN:978-1-59754-920-2

Para encargar más copias de este libro o conocer otros libros de esta colección visite www.librosenred.com

HIGHLANDER

Pasarán los siglos, caprichosos como el tiempo, y soberano.

El bello cuerpo que cubre tu alma será cenizas, igual que el mío, que una vez lució como templo de acero.

Pero en aquella dimensión, mi alma, ya sin tiempo, buscará junto a la tuya viajar eternamente como aves errantes para posarse en un nuevo amanecer, y así volver a empezar…

Prólogo de "Mi amor...
¿te cura o te mata?"

Hemos visto más de una vez cómo se juntan, como en un camino, dos almas, y a esto muchos llaman *destino*.

Juan Simón vino a este mundo en un pueblo llamado San Antonio, a orillas del mar, bañado por un golfo de aguas azul profundo. Tuvo una niñez en donde rápido comprendió quién era quién y cuál era el juego de la vida del dar para obtener, de premios y castigos. Cruelmente marcada esa niñez por el abandono que sufrió a temprana edad y que permanecería largo tiempo en su memoria emocional, como aquello que no mata, fortalece, se hizo fuerte en cuerpo, mente y alma, encriptando sus sentimientos y emociones para no ser lastimado. Dueño de un esquema físico privilegiado, sobresalió en sus deportes favoritos, como la natación y el fisicoculturismo. Su alto coeficiente intelectual lo hizo transitar sin sobresaltos sus estudios secundarios —donde conoció a Natalia— y terciarios, que cambió más de una vez.

Natalia nació dos años más tarde que él, a doscientos kilómetros de distancia de allí, bajo el mismo signo astrológico que él —Cáncer—, en un hogar marcado por la violencia y el desamor, en el cual era exhibida como un trofeo por su extrema belleza y dulzura. El rigor de trato y la rigidez a que fue sometida en sus primeros años, y al no poder manifestarse tal cual ella hubiera deseado ser, hizo que su castigado corazoncito, motivado por constantes presiones y exigencias para lograr una excelencia inexistente, desembocara en el laberinto de dos desequilibrios funcionales brutales, como la bulimia y la anorexia.

Se conocieron cuando ambos cursaban el colegio secundario, y a pesar de que caminan sendas distintas, porque uno de los dos rompió su juramento, su luz astral permanece indisolublemente unida.

Vivieron una colorida historia de amor y por la fuerza de esa unión trajeron al mundo una de las almas más nobles, desinteresadas y desbordantes de luz, a la que Juan Simón llamó Bárbara.

El dantesco esfuerzo que a diario realizaba Juan Simón por curar las heridas en el alma de Natalia y tirar del carro de la vida, cargando sobre sus espaldas una multiplicidad de problemas, lejos de provocarle cansancio y pena, fortaleció su espíritu, que se veía reconfortado con lo que siempre luchó por construir: el calor de hogar que le proporcionaban los juegos con su pequeña hija Bárbara y, también hay que decirlo, la tarea que llevaba a cabo Natalia, lavando las miserias de Juan Simón y calmando el ardor de su ciclópea tarea.

Aprendieron a vivir en un mundo de cuervos y de hambre, esa hambre física donde, como no se come, tampoco hay desperdicios y, por ende, es un mundo más limpio por el cual luchar.

Esa hambre que se manifiesta en el centro del pecho, que es inconmensurable y solo se puede saciar y calmar con cosas que no se pueden medir, como besos, caricias, miradas y todo un bagaje de energía transformadora, tratando de sacar afuera todo lo bueno o lo que sea, y transformarlo para que el interior esté limpio y vacío, sin cosas que se estanquen y se pudran o echen a perder en su interior.

Como no hay necesidad más básica y primaria que el hambre, nútranse y disfruten de la licencia poética que les regalo como autor a lo largo de esta historia que cualquiera puede hacer suya, cuyos versos y palabras eran arrancados y generados por sus dos grandes amores, a los cuales, hasta el final de los tiempos, jurando fidelidad, defiende bestial y amorosamente.

En la certeza de que es incierta la búsqueda de la salud y del equilibrio perfecto. La verdad es que no se trata de curarse, sino de cómo *vivir* o seguir viviendo.

En conjunción para saber qué es lo real, Juan Simón vive en este espacio tridimensional, pero también se maneja en la cuarta coordenada del tiempo astral y de los sueños, a diferencia de la mayoría de los mortales, que también lo hace pero *sin conciencia,* perdiendo la posibilidad de gozar, experimentar y aumentar el tiempo de sensaciones.

Así, en este plano de origen divinal, siempre está presente su madre divina —ángel o guía, a modo de gurú deva—, que establece una correlación con lo vivido y somete a una evaluación de cuál es el mundo real de cada uno.

¿No es acaso el más sentido, el vivido más intensamente, el que más estremeció nuestros sentidos, aquel que desplegó nuestro mapa sensorial?

Gracias por existir.

En un lugar del mundo llamado San Antonio, donde se cruzan las coordenadas 38.41.OS y 62.17.OW —en la Patagonia norte del planeta Tierra—, corre la mañana del lunes 11 de julio del año 1960 del calendario gregoriano.

Afuera hace muchísimo frío —lo sé—, porque aparte es invierno en este hemisferio, y en el horóscopo chino las ratas somos muy hábiles e intuitivas.

Comienzo a sentir una revolución en el vientre de mi madre, en el cual me estoy alojando desde hace aproximadamente nueve lunas. Todo lo que había transcurrido durante ese tiempo en aquel lecho apacible y cálido, lejos del mundanal ruido y de la gente, sentía que estaba por llegar a su fin, como una especie de contrato que caduca y el desalojo es inminente.

Hay mucha ansiedad por el cambio y corridas, y no puedo evitar que me lleven y me traigan para uno y otro lado.

De pronto, con lo inexorable del tiempo, las agujas del reloj se clavan en las catorce horas y quince minutos de aquel día, y en medio de un trabajo de parto, sintiendo un frío ardor que cala los huesos, cobro vida nuevamente en este mundo físico, bajo el signo de Cáncer y con mi ascendente en Escorpio.

Rodeado de caras extrañas, y en medio del llanto que me provocan, siento el potencial de mis pequeños pulmones, que a lo largo de mi vida me iban a dar oxígeno para dar rienda suelta a mis actividades de gigante atleta; ese impulso volitivo que inundaría siempre mi alma y me haría por siempre renacer de las cenizas cada vez que la adversidad pusiera un obstáculo a vencer.

De pronto, soy dejado en la cunita de una fría sala de hospital, donde mi cuerpito exhausto quiere y necesita descansar para recobrar fuerzas de lo que fue el llegar hasta aquí, y como muestra y anticipo de que la vida de alguna manera te es dada, pero que te la vas a ganar dándola y luchando.

Descanso un largo rato —no sé cuánto, porque todavía no aprendí a medir el tiempo—. De repente, desde el interior de mi pancita comienzo a sentir los lacerantes manotazos que un monstruo me está provocando; esos zarpazos me sacan de ese sueño apacible y cálido en el cual estaba.

Desde que me gestaron, no había sentido sensación igual ni parecida; sencillamente, los zarpazos de ese monstruo desgarran mis entrañas y provocan en mí el llanto para que algo o alguien calme mi dolor —siente mi dolor. Absórbeme, tómame. Siente mi dolor. Libérame, descúbreme. Descubre mi señal. Siente mi dolor—.

(Ante mi clamor, acude en primera instancia siempre mi Divina Madre Interior, Devi, que me explica y hace sentir que en la cuarta dimensión no existen las necesidades que en el plano físico provocan sensaciones encontradas, y que nuestro cuerpo físico es el vehículo receptor de todo el bagaje de sensaciones que vamos a experimentar en la vida que nos toque, y que depende de lo inteligente que seamos transformar las emociones y hacer menos sufrido el tránsito y más pacífico nuestro mundo emocional.)

Comprendida la primera lección, llega mi madre carnal, quien me toma en sus brazos y, apoyándome en su pecho, me da de mamar, calmando mi hambre. *¿Hambre? ¡Hambre!* ¡Carajo! Así se llama el monstruo que me atormenta desde el vientre.

Me surge inevitablemente la pregunta: ¿cuántas veces en mi vida volveré a pasar hambre? Y la respuesta no se hace esperar: una y otra vez, a cada instante.

Empero, no solo pasaremos hambre de vulgar comida, sino también hambre de miradas, hambre de caricias, que necesitamos como mendigos de amor que somos. Y ¡por Dios!, que nadie diga lo contrario; todos los seres humanos buscamos ser amados, dando fluidez a esos dos derechos inalienables que tiene la humana criatura, que son, en primer término, el derecho a la vida; y en segundo lugar, el derecho a ser amado.

Cuando se interrumpe el derecho a la vida se está en la antesala del averno y en el lado más oscuro y abismal que pueda describirse, y cuando el derecho a ser amado se trunca, el individuo busca satisfacer su goce con las fallas que su sistema endocrino le va proporcionando, de acuerdo con la particularidad caracterológica de cada cual: el obeso, comiendo sin parar; el asesino, matando; el loco, hiriendo; el mesiánico, sometiendo; el psicópata, torturando, etcétera. Pero siempre son puntos de debilidad, de falla en la máquina humana, donde toma el control de esta un factor externo, mediante un mecanismo de dopaje para saciar una falencia.

¡Entonces se trata de eso! Si yo lloro, me dan leche y calman momentáneamente mi dolor; y si no digo nada, no hacen nada, porque creen que todo anda bien dentro de mí.

Por eso, creo que desde los sentimientos —desde lo que siento— puedo tener el manejo de la escena. Si manifiesto lo que siento, puedo obtener algo en proporción a lo pedido; si no manifiesto nada, exteriorizo ni corporizo ningún sentimiento, todo queda tal cual y se paraliza la escena. ¡Fantástico! ¡Qué herramienta fabulosa acabo de descubrir! Quizás algunos adultos los llamaban premios y castigos, no sé. Lo curioso es que, a medida que calmo mi hambre en el pecho de ese otro ser, siento instintivamente un apetito voraz y literalmente estoy tragándome y comiéndome a esa persona; por eso es que, tiempo más adelante —como haría la mayoría de las madres—, para que dejase la costumbre de mamar, colocaba algo de sabor amargo sobre el seno, y así los niños son engañados por la *amargura* más que por cualquier otra cosa en la vida.

Así transcurrirían los días, sin mayores sobresaltos en el crecimiento de un niño, con una escasa conciencia de que la vida se pone de manifiesto, en cualquiera de sus formas, y no hay quien detenga su paso.

Al poco tiempo de nacido, comenzaron a dolerme los oídos, al punto que parecían estallarme desde el interior de mi cabecita. Se trataba de una terrible infección que durante algo así como quince días me impidió dormir con continuidad y nutrirme acorde a las circunstancias.

Ante esta situación límite, decidieron llevarme ante un médico especialista, en la ciudad de Bahía Blanca, para que me punzase y limpiase mis tímpanos del pus que me brotaba del interior de los canales auditivos, pero ante la posibilidad cierta de que mi corta vida se viera truncada, decidieron bautizarme para que tuviera un descanso en paz desde la ideología cristiana, para lo cual me buscaron una madrina llamada Florencia, que sería una persona muy presente a lo largo de mi vida.

(Una vez más aparece ante mí, en el universo paralelo, mi Madre Divina, que canjea el karma que traemos, y entonces, por su gracia infinita, Devi cura la nana de mis oídos, haciendo que salga airoso de la operación, y de regreso a mi hogar, pueda comer y dormir plácidamente. Pude sentir en ese universo paralelo el candor y la protección celeste que mi Madre Divina me había proporcionado). Además, qué cierto es que aquello que no te mata, te fortalece.

Pasaron los duros días de invierno, con temperaturas bajo cero, que hacía que abrigaran en demasía mi cuerpito. Los aromas de la primavera se hacían sentir, al igual que su agradable clima, que con el paso del tiempo trajo consigo la estación más linda, noble y bulliciosamente exultante en colores, olores y luz, como posee el verano, gracias al cual, por nuestra cercanía con el océano, conocería el mar y gozaría de sus bondades.

Fue una hermosa y radiante tarde de enero cuando fui llevado a orillas del mar. Allí, recostaron mi tierna humanidad sobre la arena y pude percibir y gozar de las caricias de la arena tibia, que era bañada por los rayos de un sol majestuoso.

Y es que tenemos tres sistemas para nutrir nuestro cuerpo en tres escalas.

El primer alimento que recibimos es el oxígeno, sin el cual nuestras células mueren y, por ende, nosotros con ellas.

El segundo sistema es el del alimento ordinario, y está en cada uno, de acuerdo con pautas culturales, que se obtengan más y mejores resultados de su nutrición para el desarrollo y el crecimiento.

Y el tercer sistema son las impresiones y sensaciones: lo que vemos, es decir, las imágenes de las cuales nos nutrimos; lo que olemos; lo que escuchamos, que puede ser agradable o desagradable; lo que hablamos, que genera circunstancias agradables o desagradables, y nos sirve para comunicarnos entre los seres humanos, y el decir o no decir las cosas nos va formando.

Pero, además, está la *piel*; ¡sí, la piel!, ese inmenso órgano que nos recubre totalmente y en el cual percibimos y recibimos todo lo que a nivel sensorial y energético se refiere. Las vibraciones, sean de la cualidad que sean, entran en contacto primeramente con nuestra piel; y, en particular, aquel primer contacto con la arena tibia y con el sol acariciándome la piel iría a permanecer por siempre en mi universo de percepciones, como una inmensa y suave caricia tibia que me brindara el primer gesto de amor que me estremecía en un todo con mi conciencia, despertando en pañales. ¡¡¡Cómo acaricia el sol!!! Hace que uno quiera permanecer eternizado en ese instante y situación.

Así, los días iban transcurriendo en orden cronológico y mi crecimiento y transformación acontecían en forma más o menos normal.

A medida que crecía, sentía que mi percepción se desarrollaba y tenía una radiografía del espectro de las personas, lo que me hacía no solo tener la sensación de saber lo que pensaban o sentían, sino también un entendimiento de lo que estaban transitando.

Mi papá era dueño de un hotel de pasajeros, en donde yo, al comenzar a dar mis primeros pasos, correteaba por todos lados, interactuando con todos los empleados del hotel, especialmente los de la cocina, donde, al dar rienda suelta a mis juegos, paralelamente a entretenerme, peligraba mi integridad física, entre ollas de agua hirviendo y elementos punzantes como cuchillas y todo tipo de utensilios.

También hacía buenas migas con los clientes y huéspedes —quizás por mi natural simpatía y curiosidad—; era entonces habitual hallarme sentado en la mesa de algún pasajero que se disponía a cenar o almorzar, o de algún parroquiano que en la confitería del hotel Americano —como se llamaba— se disponía a degustar un aromático café u otra bebida que fuese de su agrado.

Los amigotes de mi padre gustaban de reunirse ya entrada la tarde a entretenerse en las mesas del café con juegos de sala como las cartas, el truco, el mus o los dados, que despertaban en mí una inusual curiosidad.

El hecho de que me desplazara por todos lados en ese ámbito que para mí era muy divertido —por lo variado y para nada aburrido— motivó un día el enojo-enfado de mis padres, y, tratándome como a un animalito, maniataron mis bracitos y manos. Después de darme unos chirlos —golpes fuertes o azotes—, me dejaron prisionero, como un rehén, en una conservadora de helados que era usada en verano para la venta de ese producto estival. En esa heladera, a la cual retiraban la tapa, solo se asomaban mi cabecita y mis desorbitados e incrédulos ojitos, quedando reducido a un mero observador de la escena que acontecía a mi alrededor; entonces, ellos —

mis padres— esgrimían aquella situación como un logro, hazaña o gracia por el hecho de haberme aquietado. ¡Pobres! No se daban cuenta —¿sabrían?— de que ante ese acto de injusticia y desigualdad nacía en mí, hacia ellos, un triste sentimiento de incomprensión y desapego por sentirme rechazado, inmovilizado, y cercenar mi libre albedrío. Lo único que lograban con esos actos era paralizar mi cuerpo temporalmente, pero cuando era liberado —y eso tarde o temprano pasaba— mis energías, mi fuerza y mi actividad se potenciaban, así como también mi aborrecimiento o encono hacia ellos por hostigarme sin sentido y desmedidamente.

A pesar de todas las cuestiones domésticas que escuchaba en contra de mi abuela Rosa, yo sentía un amor entrañable hacia su persona y todo lo que ella generaba en mí —quizá porque en una anterior vida estuvimos unidos como hombre y mujer, porque, en rigor de la verdad, el alma de mi abuelo César Pedro partió de este mundo sin que yo conozca su persona—. Me agradaba sobremanera ir a pasar el tiempo en su casa, donde hacíamos nuestro su mundo —cuando digo *nuestro* me refiero a mi hermana mayor y a mí—.

En la casa de la *nona*, como llamábamos a Rosa, era delicioso saborear sus comidas de origen holando-alemán: sopas calientes para el cuerpo en invierno y ricas tortas de exquisitos sabores, acompañadas por una taza de chocolate caliente para abrigar nuestras almas de niño.

Era un éxtasis deleitoso irnos a dormir en su cama, abrigada por cobertores de lana que ella misma tejía con gran sabiduría y habilidad sin siquiera mirar el recorrido de la aguja de *crochet* —un tipo de tejido usando solo una aguja—. Antes de dormirnos, nos dejaba saborear un fino chocolate que siempre guardaba y, luego de contarnos una historia o algún cuento gracioso, aunque más no fuera por la forma de narrarlo, nos quedábamos dormidos hasta la mañana siguiente, que infaltablemente con particular dulzura y paz nos recibía como el nuevo día con voz suave y un rico desayuno que se había esmerado en preparar para agasajarnos.

Las actividades en casa de la nona se dividían en jugar todo el día: trepar por los techos; subir a un tanque que proporcionaba agua corriente a la vivienda; hamacarme hasta quedar exhausto en una hamaca colgada en un gigantesco eucalipto plantado en la puerta de entrada como un gigante guardián.

Pero la actividad más linda, sin duda, era en compañía de la nona: ir hasta el gallinero que estaba en el fondo de la casa a buscar entre los nidos de las gallinas, que ella criaba y alimentaba, huevos que en alguna de las comidas me cocinaría con tanto amor y dedicación.

Como yo no llegué a conocer a mi abuelo materno —fallecido antes de que yo naciera—, creo fielmente que soy parte de su reencarnación, por sus costumbres innatas, que no tienen explicación, y también por la relación que siempre tuvimos con mi abuela: el manejo del idioma, los gestos, los silencios y las miradas; la de ella era infinitamente mansa, transparente y de un color del cielo, que encerraba y capturaba en sus pupilas toda una vida de amor y soledad.

Como mi desempeño era muy bueno para un niño de mi edad, hubieron de meterme en el jardín de infantes anticipadamente, donde, al ser más chico de edad y en reacciones, sufría el atropello de los compañeritos de sala que eran más grandotes. Una tarde, jugando a una especie de trencito, y al ser el último en la fila, salí disparado cuando me soltaron de las manos y mi cabeza impactó de lleno en la pata de un mesón que contenía arena, donde la señorita maestra nos hacía realizar actividades grupales creativas.

Aquel episodio derivó en que me trasladaran a mi casa —previo paso por la sala de hospital— con un chichón enorme en la parte frontal de mi cabeza y un desmayo terrible, asociado a un dolor inmenso. Lejos de recibir algún tipo de mimo o consideración por el episodio sucedido, lo único que obtuve a cambio fue una feroz reprimenda, como si yo hubiera elegido que me lastimen y me desmayen. Acto seguido, en vez de darme ánimos, me vi obligado a hacer una de las cosas que menos me gusta en la vida, que es dormir siesta. Quizá porque la siesta en mi barrio era el momento en que todos los chicos se reunían en el centro de la manzana se agudizaba el ingenio a la hora de escabullirme para jugar.

Los días de jardín de infantes pasaron y luego los de la escuela primaria se sucederían con cierta repetitividad y el aburrimiento que me provocaba todo lo normado, como que el orden humano tuviera que estar por sobre el orden natural, y me llevaba a ver cómo el comportamiento social de las personas tiene tendencia natural, quizá por inercia o comodidad, y cobardía a encasillarte donde ellos creen y piensan que debes estar, pero ¡bendito el impulso que me hacía sentir algo distinto y desafiar esas reglas y pautas carentes de sentido, y, sobre todo, de sentimiento!

Una de las cosas que más me gustaba hacer con mis amiguitos del barrio era ir hasta la marea, que era un brazo del golfo azul San Matías, el océano que envuelve a este pequeño pueblo, y allí, en la marea, jugar en las barcazas que estaban amarradas en los muelles. Como siempre llegaba mojado a mi casa y a deshora, por perder la noción del tiempo en el apasionamiento de los juegos, eso me costaba una paliza. No entendía el porqué del castigo y ello me hacía elucubrar ideas de venganza y ganas de crecer rápido y alejarme de aquello para no seguir soportando castigos por el solo hecho de *ser feliz*.

La mecánica por aquellos días era salir de la escuela, tomar la merienda y, si no había tarea para hacer, jugar hasta entrada la noche con mis amigos del barrio y mi primo, con quien pasábamos mucho tiempo juntos, haciendo travesuras.

Creo que ya fuese por lo entretenido de cómo se sucedían los días o por el aprendizaje de la vida, siempre ensimismado en un pequeño mundo, aunque no mi cabeza, pero sí mi sentir, mi percepción astral me hacía intuir que había un mundo amplísimo y variado que cada cual podía vivir de maneras infinitas.

Con tantas cosas que pasaban, no tuve mucha conciencia de que al desarrollo de nuestra casa y a nuestras vidas entraban dos nuevos actores, que fueron mis hermanos menores: una mujer y, el más chico, un varón llamado Favio, al que al crecer apodamos *el Chino* —por su aspecto oriental de ojos rasgados y al que quiero entrañablemente—.

Muy probablemente, como dicen los mayores, al aparecer o irrumpir en la vida de un niño uno o dos hermanitos que le resten atención o cosas por los otros despertarán en la criatura mencionada una cuestión de celos o lucha por mantener el centro de la atención —obviamente que aquí los adultos juegan un papel preponderante, sobre todo si no saben manejar la situación, provocando más daño que allanando la cuestión o pacificando las relaciones—.

Haciendo una retrospectiva, no puedo percibir por qué ni cuál era la causa —muy probablemente, debe haber sido emocional o sensorial—, pero lo cierto es que más de una mañana me despertaba todo mojado y muerto de frío, porque, por alguna razón, mi vejiga había colapsado y, en efecto, estaba meado hasta el cogote, sintiendo escalofríos y una cierta pesadumbre, porque ya sabía la escena que se me venía a continuación.

¡A ver! Yo no quería un premio por haberme meado en la cama —máxime cuando aquello era incontrolable, involuntario y no sabía a qué obedecía, si a una razón física, emocional, mental o patológica—, pero tampoco esperaba lo que hacía mi mamá conmigo. Aquello era el escarnio público. Mi madre me levantaba a los gritos y a los cachetazos, dejándome parado al pie de la cama, colgaba las sábanas meadas en la ventana que daba a los vecinos y con un desgañitado vocerío encaraba una feroz reprimenda de lo sucedido como si aquello hubiera sido realizado a propósito.

A todo esto, con los gritos e insultos que había recibido, ya todo el barrio estaba al tanto de lo sucedido, lo que me provocaba una vergüenza sin fin y una extraña sensación de dejar de existir, al menos momentáneamente, o estar de pronto en otro tiempo y lugar.

Si en mi corazón se puede albergar odio y rencor, creo que era la primera ocasión que llegaba a sentirlo, encima, hacia alguien que debería brindarme amor y contención.

¡Cuánto daño podría evitarse si no les trasladasen los padres a sus hijos sus propias frustraciones, miserias y, sobre todo, sus miedos!

(Menos mal que, en algún momento del día, para compensar las amarguras, y en un instante de arrobamiento, aparecía para brindarme calor, en otra esfera, mi Madre Celestial Devi, que no pregunta nada, solo deja ser.)

Estas situaciones, que por parte de mis padres me ponían en evidente vergüenza, y taladrando en mi mente la posibilidad de alguna culpa por pequeñas riñas con mis hermanos y situaciones domésticas, se fueron acrecentando y dañando mi desarrollo, y a pesar de que mi evolución en los primeros grados era óptima, aparecía muy a menudo envuelto en alguna reyerta escolar con algún compañerito, lo que, al dar aviso mis maestras a mis padres, me valía una paliza desmedida en relación con lo que argumentaban las docentes.

Yo no escuchaba de los otros chicos, fuesen compañeros de grado o amigos del barrio, que sus papás les pegaran como lo hacían los míos conmigo. Juro por Dios que el más grande de los miedos era la posibilidad de que mi papá, estando fuera de sus cabales, se sacase el cinturón de su pantalón y, como un loco enajenado, me diera latigazos, sin mirar dónde me acertaba. Para colmo de males, me azotaba con el lado de la hebilla metálica del cinturón de cuero, lo que había desarrollado en mí una extraña y triste habilidad para cubrirme la cara y las partes más vulnerables, aunque igual siempre salía con lastimaduras en el cuerpo.

Pero, en verdad, y en nombre del cielo, ¡mi máximo dolor era en el alma! Y mi pequeña alma fue la que enmudeció de tanto alzar mis ojos a las estrellas y preguntar *por qué*.

Todos los pequeños integrantes de la familia —el grupo de hermanos— teníamos nuestro propio desenvolvimiento, cada cual con sus actividades, como es lógico; es decir, su escolaridad, su grupo de amigos y demás; lo que sí compartíamos eran algunos juegos grupales en la casa y, por supuesto, los cumpleaños y fiestas de nuestros familiares y amigos. A decir verdad, la cuenta de primos era muy extensa, porque, por parte de mi mamá eran siete hermanos; y por parte de mi papá eran diez hermanos, así que imaginemos cada cual con su familia y eso nos da una multitud, sobre todo en las fiestas de Navidad y Año Nuevo, ya que en aquellos días se estilaba reunirse y pasar varios días festejando, a lo cual nos sumábamos los más chicos, y en el tumulto y el barullo de tanta gente preparando comidas y festejando, aprovechábamos para dar rienda suelta a nuestros juegos y travesuras, que entre tanto de gentío pasaban desapercibidos, porque, además, se agregaban amigos y familiares. Esto era entretenido, pero sistemático y rutinario de algún modo.

Hay contextos y recurrencias en la vida que quizá se deban a nuestro mapa astrológico, y en el 99,9 por ciento de las situaciones el 99,9 por ciento de la gente no se encuentra consciente de estas cuestiones, entonces se sufre doblemente al pedo, sin encontrarles el más mínimo sentido a las cosas.

Quiero decir que, indudable e indefectiblemente, lo que iba a sucederme en esos dos o tres años de escuela primaria, en mi pequeño pueblo, inexorablemente pasaría, y yo lo iba a tener que transitar sin más remedio —solamente con el correr de los años alcanzaría a comprender actitudes de los mayores y a medida que mi conciencia despertara se acomodarían de alguna manera las piezas de este rompecabezas—. O sea que la aplicación clave para el entendimiento sería: comprensión y conciencia.

Había escuchado más de una vez, por parte de mi madre, la vil patraña de que se había puesto muy enferma después de que nació el último y más chico de nuestros hermanos; entonces, decía que se le hacía muy dificultosa la relación con los otros hijos, en especial conmigo. Argumentaba que mi comportamiento era de extrema rebeldía por celos hacia el más chico y esto la sacaba de quicio.

De lo que sí tengo un cierto recuerdo es que variaba mucho de peso y su carácter era irritable en extremo, con reacciones desmedidas de enojo, descontrol y locura.

Pero sabemos que el origen de todas las enfermedades comienza más allá de lo físico; es decir, en el bioplasma o cuerpo bioplasmático —aura— para luego terminar alojándose en la parte más densa: el cuerpo físico. Y una vez sucedido esto en el cuerpo físico, que nos habla a través de un malestar, dolencia o enfermedad cualquiera, y lo hace simplemente para ayudarnos a tomar conciencia de que una forma de pensar no es beneficiosa para nuestro ser, ese malestar es el indicador de que has llegado a un punto límite de tus energías físicas, emocionales y mentales.

Para colmo de males, la medicina occidental solo se empeña en hacer desaparecer el síntoma, sin llegar a la raíz o la causa profunda desde la emoción, la percepción o la sensación que originó aquel malestar.

En definitiva, la enfermedad es una oportunidad para que pongamos en equilibrio nuestro *real ser*, porque, de hecho, el cuerpo físico no es el causante o causa de las enfermedades, y la vida que lo mantiene proviene del espíritu y del alma, siendo el cuerpo físico un mero reflejo de lo que sucede en el interior del real ser. Lo que simplemente buscan los cuerpos físico, emocional y mental es restablecer la salud como un estado natural de equilibrio que le es propio y ante el cual casi siempre y lastimosamente el ser humano interpone barreras mentales y estúpidas normas sociales, provenientes del ego tergiversado, con una carga emocional negativa, adquirida con el paso de los años.

Lo concreto fue que, debido al desequilibrio psicofísico de mi mamá, ella intentó buscar un chivo expiatorio para descargar la culpa de su enfermedad y lo encontró en mi persona, pensando en alejarme de mi familia de la forma más diplomática posible y que menos dañara su imagen de madre.

Sucedió un día de verano, que en una colonia de vacaciones, en la playa de mi pueblo, vacacionaba un grupo de alumnos de un colegio religioso de Viedma, y hasta allí mi papá —manipulado por mi mamá— me llevó a ver cómo jugaban y se divertían aquellos chicos para tratar de convencerme astutamente de mi internación en ese colegio.

Mostrando solo la flor de una planta es tarea fácil tentar a un niño con juegos y dulces, y como ya era una decisión tomada por ellos, donde yo no tenía voz ni voto, decidieron que el año entrante pasaría mis días en un colegio internado y lejos de mi casa. Con escasa conciencia de mi parte, comenzaron a preparar mis ropas, a las que les ponían un número que me había tocado en suerte. ¿Suerte? Ese era el número 82, me lo acuerdo clarito. ¿Un número, como los presidiarios? Sí, un número con el que perder cierta forma de identidad y, además, se iría mi ansiada libertad, al menos acotada por un tiempo. O sea que a partir de que entrara en el colegio sería el número 82, ¿qué tal?

Como todo en esta vida, inexorablemente el avance del tiempo, el momento de la partida había llegado.

Era un domingo después del mediodía. Subimos al auto de mi papá, un Chevrolet 400 último modelo, lo que me dejaba ver a las claras que el no mantenerme a mí en la casa familiar no era un problema de índole económica. Llegamos al colegio San Francisco de Sales temprano por la tarde y se concretaron las formas de rigor que, a decir verdad, poco me importaban —calculo que diría: "Les dejo a mi hijo a vuestra guarda para que le den de comer y lo *eduquen* durante un año o más"—. No lo sabía. Mi sensación de ese momento fue como si un manto espeso me cubriera y un silencio mortal me invadiese; solamente se oía el retumbar de los cerrojos de las enormes puertas de los helados claustros que habría de habitar por algún tiempo en lo que sería mi casa en adelante.

Me quedé parado en la vereda de aquel colegio, saludando con infinita tristeza y mi manito temblorosa a la que hasta entonces había sido mi familia. Ellos regresaban a mi antiguo hogar todos juntos y, al parecer, contentos, o al menos sin perturbaciones. Por alguna razón, me habían elegido a mí para echarme del seno familiar, pero como la vida continua, y lo que no te mata, te fortalece, solo recuerdo caras, pero ni una sola y miserable mirada viene a mi memoria.

Esa primera noche que tuve que pasar en el hospicio, al irme a dormir, en un cuarto gigante, donde éramos más de cincuenta personas,, me arrollé sobre mi estómago y otra vez, ella, mi Divina Madre Interior, Devi, me abrazó y, pasando su mano por mi frente, pudo calmar un poquito mi ansiedad y, sobre todo, mi temor. Yo la miré a los ojos, ¡sus ojos!, esos ojos infinitamente mansos, y le susurré:

—¡Madre! ¡Devi! Siente mi dolor. Abrázame, absórbeme, tómame y siente mi dolor. Libérame y descubre mi sentir. Alivia este, mi dolor, y, por Dios, consuélame, reina.

Me apretó contra su pecho tan fuerte como el dolor que sentía y, alzándome en sus brazos, me dijo:

—No temas, mi rey. Hasta el final de los días estaré contigo para hacer que tu luz brille en las noches más oscuras, consolando y aliviando.

Y antes de dejarme dormidito, metido en mi propio sueño, me dijo con firmeza, pero con una dulzura infinita:

—*Mi pequeño rey,* NADA HAY SUPERIOR A LAS FUERZAS DE TU ALMA EN ESTE MUNDO, *y comprende que el amarse a uno mismo* ES EL PRINCIPIO DE UNA HISTORIA DE AMOR SIN LÍMITE, UN AMOR ETERNO QUE NADA NI NADIE PUEDE INTERRUMPIR.

Al despertar temprano en la mañana, había comprendido que de allí en más habría que sacar lo bueno, incluso de lo malo y asqueroso que este mundo tiene, y sonreír a todo iba a ser una buena forma de alejar fantasmas en el camino.

Despertar por las mañanas era entrar en un ritmo mecánico, casi militar, pragmático y repetitivo: ir a los baños fríos, helados, lavarse la cara, asearse, cambiarse para bajar a desayunar, todos juntos en largas mesas, como un batallón, literalmente; pero eso sí, antes de abandonar el cuarto de dormir, debíamos dejar ordenadas y tendidas nuestras camas y, previo al desayuno —del cual llegué a atesorar aquel aroma de café con leche y ricos panes, porque no había otra cosa—, con rigurosidad científica, se imponía la misa de todas las mañanas, en donde los más hábiles y pillos comenzaban a desatar su imaginación, robándose algún licor de misa, que luego compartirían a escondidas, y quizá por lo divertido de las situaciones comenzaba a tener otro color aquella vida de concentración casi carcelaria.

Por cierto que la primera noche había sido fatal, y en el portal de mi alma pareció una noche eterna, pero jamás existió *que la oscuridad de una noche le gane a la luz del amanecer.*

¡Sí! Después de aquella primera noche fatal, casi eterna, enmarcada por un llanto sin consuelo y sin nada a qué aferrarme, y teniendo como único vestigio de lo que había sido mi anterior vida una foto deslucida color sepia de mi pequeño hermano. Cuando mi alma quedó muda y no hubo más lágrimas para derramar, entonces comprendí que *la vida es un juego divertido para los que quieren jugarla, pero muy aburrida para los que se sientan a ver jugar a los demás.*

Y no solo comprendí, sino que, acto seguido, tomé la decisión sobre de qué lado quería estar: del lado divertido, de los que quieren jugar la vida, aún a costa de tropezones —de eso se trata—.

Porque si lo miraba desde un punto de vista puramente esquemático, un día normal —palabra chota que desde pequeño rechazaba por ser igualitaria, que está *normado* carecer de elasticidad y ser rígida en su origen— era de la siguiente manera: seis y media, levantarse, acudir al baño para el aseo personal, cambiarse de ropa, dejar las camas tendidas y ordenados los cofres; siete, la misa diaria, que pretendía redimirnos seguramente de algunos males; ocho, ya con nuestras almas más blanqueadas y nuestras conciencias más livianas —¡ja, ja! —, pasábamos al salón comedor, donde nos servían el desayuno, que era lo primero y único sustancioso que nuestros cuerpos, envueltos en una sutil languidez, iban a recibir hasta el mediodía.

Seguido del desayuno, pasábamos a un piso superior, llamado *estudio*, donde guardábamos nuestros útiles para estudio; es decir, cuadernos, libros y demás; entonces, una vez que ordenábamos dicho material, nos dirigíamos a las aulas para que se nos impartieran las enseñanzas de rigor. Como en todo colegio, había pautados pequeños recreos, y digo pequeños porque siempre estamos en deuda con los juegos, en contraposición con las estrictas y aburridas horas de clase. A las doce y media, guardábamos el material de estudio y, previo aseo de manos y cara, entrábamos nuevamente al salón comedor para almorzar lo que nos pusieran delante de nuestras narices.

Concluida la hora de almuerzo, y antes de iniciar la segunda jornada de clases, que daba comienzo a las catorce, en ese intervalo, podíamos jugar fútbol, correr, patinar o lo que fuera menester —enfrente del colegio había un local con una pista de Scalextric y, habiendo guardado una moneda por ahí, era toda una aventura que elevaba el nivel de adrenalina escapar por entre las rejas de las ventanas, cruzar al local, jugar la ficha y regresar indemnes, sin haber sido descubiertos—. ¡Qué bueno! A las diecisiete, concluida la segunda jornada de clase, subíamos nuevamente al salón de estudio para realizar la tarea encomendada para el día siguiente y luego podíamos jugar en el patio hasta la hora de la cena, que, por cierto, era muy temprano para mi gusto, ya que nos hacían acostar muy tempranito para recomenzar la próxima jornada.

¿Vieron? Qué aburrido y rutinario habría sido si no le hubiera buscado la veta divertida; sin duda, había que ser una persona divertida —divertido significa salirse por el vértice y yo estaba dispuesto a hacerlo de instante en instante—.

Así se sucedían los días, y con algún amigo que encontraba para romper con esos esquemas realizábamos lo que para nosotros, escaparse de las filas, aulas y formaciones, se convertía en evasiones célebres, aunque más no fuera para jugar cruzando la calle al salón de Scalextric, o quizá por ese terror instintivo que tenía al encierro y a la prisión. Venía a mi encuentro entonces un pasaje que un sacerdote nos había leído de la Biblia, donde el Cristo les decía a los carceleros que para liberar a Simón no era necesario sacarlo de su celda, aludiendo a la libertad de su alma e imaginación, y por Dios que cada día poníamos cada vez más la *imaginación* al servicio de la *libertad* y esto, sin duda, no tiene ni tendrá precio.

El único contacto con alguien conocido o familiar que tenía era con mi tía, llamada Florencia, que, siendo de profesión enfermera —y soltera por elección—, solía visitarme cuando concluía su ronda de visitas a pacientes, cuando la tarde languidecía, en el patio del colegio.

La tía acariciaba mi despeinada cabeza, me daba sus palabras de aliento y fuerza, manteníamos un corto diálogo entre sonrisas, y cuando la noche caía, me dejaba su alma con un beso y una moneda en la mano que yo corría a convertir en caramelos de leche, en el quiosco del gordo de enfrente.

En realidad, una de esas tarde-noche en que me visitaba tuve una revelación tan vívida que siempre me quedó la duda de si fue ella: es decir, mi madrina Florencia o la manifestación de mi querido ángel guardián, *Devi*, que junto a una gran maceta con plantitas de malvón, en un rincón del patio de juegos, me decía:

—*Pequeño rey, hay cosas que no podemos manejar y otras tantas que ignoramos, pero con este desarraigo del seno de tu hogar, provocado por tus padres biológicos, obedeciendo quién sabe a qué designio, aún hasta aquí ya pagaste tu deuda filial, sea cual sea, en el karma o en el darma; ellos, quizá, no lo hagan nunca como victimarios. Por eso te digo que estés tranquilo, y siempre acudiré en tu auxilio para que tengas paz en el corazón.*

Como me di cuenta de que el tiempo es muy lento para los que esperan, y yo no quería esperar, sino vivir y sentir el latir de la vida en sus albores, entonces vivía el día a día, disfrutando de instante en instante, aprovechando cuanto juego se me cruzaba por la mente y dejándome llevar con la tranquilidad y la protección de mi Divina Madre, *Devi*, que me arrobaba por las noches, arrolladito en mi cama.

No tenía inconvenientes para el aprendizaje de las nuevas tareas. A decir verdad, poco me importaban, porque no les encontraba un grado de dificultad. Prefería estar jugando fútbol en el patio, corriendo o patinando alrededor de la campana. Un día sucedió que, al jugar a la pelota, un chico llamado Gene me hizo una zancadilla, caí en el piso del duro cemento y me fisuré la muñeca de mi mano derecha, lo que motivó que me llevaran al médico, quien después de observarme dispuso que me enyesaran el brazo derecho por treinta días. ¿Treinta días? Sí, un mes. Y aquí otra enseñanza de sacar lo bueno de lo malo, lo positivo de lo negativo, como me dijo mi gurú interior, porque al tener el brazo derecho inmovilizado por un yeso, hasta que se curara mi fractura, me llevaron a vivir externo —de la prisión— a la casa de mi madrina, Florencia, la que no paraba de hacerme riquísimas comidas y mimos, y satisfacer todos mis caprichos, tal vez, como ella decía, porque la vida no le había dado hijos. En conclusión, solo iba al colegio en horario de clases como un chico normal, y ¡por el cielo que aquello estaba buenísimo!

Pero lo bueno también tiene un límite de duración y una vez que mi fractura hubo soldado, y mi brazo, sanado, tuve de regresar al ritmo del colegio y con todo lo consabido.

Obviamente, las privaciones se hicieron presentes: volvía a sentir la emanación de los fríos claustros de baño, ese olor húmedo que se me incrustaba en las narices y el hambre frecuente de tener los horarios para comer estrictamente marcados. La diferencia radicaba ahora en que yo estaba más curtido en mi esquema emocional y toda aquella rigidez —y, a mi entender, estupidez— ya no me afectaba ni me hacía mella, habiendo aprehendido cómo debía moverme para lograr lo que realmente quería.

De a poco, mi alma iba alcanzando un cierto grado de madurez y mi diversión se iba enfocando en buscar situaciones que mataran el aburrimiento, y, para tales ocasiones, me había asociado con un compañerito de correrías, llamado *Loco Julio* —creo que su apellido era Gonçalvez—. Igual, él estaría contento de saber que aquí figura con lo que mejor sabíamos hacer, que era escaparnos por los techos del inmenso colegio hasta los tejados del edificio vecino, donde tenía sede el obispado, lo que generaba una emoción palpitante, ya fuese por la aventura en sí o por nuestra huída o desaparición. Una vez consumado el acto de llegar adonde queríamos, el *Loco* se las ingeniaba para hacerse de un cigarrillo que a alguien habría robado y lo prendía, tosiendo como loco, porque a nuestra corta edad el humo era muy nocivo.

Entonces, recostado en esos techos de tejas que el sol de la primavera comenzaba a calentar, junto al loco de mi amigo, dejábamos volar nuestra imaginación, planeando viajes por doquier, incluso por lugares y situaciones inesperadas, con la consabida promesa que casi siempre se hace de niño, que es volver a encontrarse con el paso de los años, con una vida ya más transitada. En fin, un día, no recuerdo el motivo, pero era festivo para el colegio, hubo una gran cena con todos los internos y las autoridades, con tortas y cosas que casi nunca veíamos; al parecer, la situación lo ameritaba.

Como yo era uno sino el más chico en edad cronológica de ese colegio, parece que algún vivo de los mayores se dio cuenta de que en la cena nos habían dado un vaso de vino dulce y a mí me había descompuesto; entonces, me dieron un poco más para utilizarme como centro de diversión, pero algo salió mal, porque fue tal el grado de descompostura que terminé en la enfermería del colegio con una de las más horribles sensaciones corporales que se puedan sentir, como si luego de vomitar lo que nos queda en el estómago el cuerpo pugnara por expulsar aquello que ya no tiene, y en un acto reflejo, contracciones, arcadas y dolor punzante se entremezclan con toda una energía vibratoria a nivel del plexo como un revoltijo de sensaciones y despojo de sentimientos.

La cuestión fue que, cuando aquello pasó, me sentía como si me hubiera masticado sin piedad una jauría de lobos hambrientos. Por alguna razón, mi madre biológica se encontraba presente en la ciudad, y como me habían llevado a la casa de mi querida tía Florencia para que me repusiera del estado calamitoso en que me encontraba, aprovechó para reprenderme y pegarme tal bofetada que me hizo sangrar las narices, dejando la marca de sangre en la pared de la cocina de mi tía como una pincelada de rojo carmín que, para mi desazón, ella exhibiría al resto de los parientes como un trofeo, diciendo: "Miren, ahí están los *chocolates* de Simón".

¡Vamos!, lejos estaba en mi ánimo esperar por aquella situación vivida un aplauso o un reconocimiento, ¡ja, ja!, pero por un error involuntario y el desconocimiento de un niño de siete años bien hubiera valido la oportunidad para una moraleja o una enseñanza de lo que no se debe hacer o, al menos, puede dañar, y mucho.

Ella seguía alejándose de mí, pero mi soldadito cada vez era más fuerte y lo herían menos.

A la semana siguiente, estaba de vuelta en el colegio, metido en pasar la vida con alegría a pesar de todo y, aunque desde los primeros días y hasta el último resultara un panorama desolador para mi alma y la tristeza se empeñaba en acompañarme, creo que el gran desafío de todo aquel año y, sobre todo, me parece que la enseñanza o el aprendizaje, fue sacar siempre lo bueno de lo malo y asegurarme de que no hay efectivamente nada superior a las fuerzas de mi alma, y que ninguna persona jamás es derrotada hasta que no renuncia en su propia mente, y en mi mente, y antes que nada en mi alma y en mi espíritu de guerrero, la palabra derrota *no* figura; será por eso que nunca comprendí al pobre ser humano con sus raquíticas preocupaciones mundanas que lo distraen de la paz y de la felicidad, mientras la vida pasa por otro lugar.

Podemos trabar una puerta, cerrar una tapa, sellar un cofre, pero como no podemos impedir el avance del tiempo, un día escuché en el colegio, ya casi sobre el fin del año escolar, que a partir del año próximo no habría internados, y fue como aquel famoso "¡Eureka!" o la manzana de Newton, porque entonces mis días de confinamiento habrían llegado a su fin y no les quedaba otra cosa que recibirme de vuelta en el seno familiar.

Por esas cosas que escapan a nuestro registro sensorial, el año ya había pasado y me encontraba de regreso en la casa familiar. A ver, yo no esperaba que me recibieran organizando un desfile, pero ¡un poquito más de alegría, caray!

Sin duda, el haber permanecido tanto tiempo fuera del círculo familiar me hacía y ellos me hacían sentir como un extraño.

Permanecimos solamente un año más en el poblado de San Antonio, donde cursé mi cuarto grado de escuela primaria y, al próximo año, entendía yo por cuestiones laborales de mi padre, nos mudamos a vivir a la ciudad de Viedma, donde yo, Simón, iba a encontrar, mucho más adelante, al amor de mi vida, con quien tendría una de las historias de vida y relación más intensas, fuertes, apasionadas e inconmensurables que un ser pueda experimentar.

Llegamos para el inicio del año escolar de mi quinto grado, pero como yo estaba muy acostumbrado a los cambios, ¡venga!, nuevos compañeros de escuela, nuevos vecinos, nuevo barrio; total, a mí me divierte lo nuevo.

Comencé a asistir a un club llamado Villa Congreso, donde, como ya sabía nadar, me perfeccionaron y, al poco tiempo de estar entrenando bajo las órdenes de mi primer y querido *coach*, Gunardo, me encontraba en los primeros puestos de los campeonatos provinciales y nacionales.

Esto para mí era como desarrollar una ciencia divina, pasando a ser alguien muy necesitado, querido y apreciado, porque todos decimos que somos autosuficientes y que generamos nuestros propios estados, pero en un principio a todo el mundo le gusta sentirse mirado, escuchado y acariciado. ¡Sí! Mujer u hombre, en ese orden. Gracias a Dios, pude ver la oportunidad que se me revelaba y observar el problema como un simple obstáculo. Ha de ser por aquella situación que mencioné al principio, en relación a mi llanto al nacer y el gran desarrollo de mis pulmones, lo que me dio una superioridad notoria sobre el resto, por lo que me desenvolvía en el agua como en un medio natural.

Por mis características físicas, que había optimizado en un grado de desarrollo superlativo, llamaba la atención en todos los torneos que participaba, haciéndome acreedor de múltiples elogios, en especial de la rama femenina —juro que no es falsa modestia—. Mi carisma, estampa y, sobre todo, mi sonrisa no podían dejar de pasar inadvertidas.

Comenzó a ser muy linda la cuestión de ser querido y requerido, y ni me iba a plantear ningún porqué, y siempre, siempre habría de rescatar al niño que en mí habita para que él también me salvase y viniese en mi ayuda.

Fueron, sin duda, de los años más entrañables y disfrutados de mi vida, donde el tiempo físico se repartía en ir al colegio por la mañana temprano, gracias al esfuerzo y empeño que ponía mi hermana Silvana en despertarme y tenerme listo el desayuno; una pequeña siesta luego de almorzar; y, por la tarde-noche, deportes en el club y reuniones con amigos.

En cuanto a las estaciones del año, sin duda, la más disfrutada era el verano, donde el agua, como elemento complementario, cumplía la misión de facilitarme el desarrollo de lo que amo entrañablemente, que es desplazarme en el agua en todos los estilos y cambiar el medio con naturalidad.

El paso de la escuela primaria al colegio secundario no fue traumático como para muchos otros chicos; por el contrario, se me presentó divertido, esperado y necesario.

El primer año pasó como novedad al tener materias separadas y estudiar para los exámenes, pero con una memoria prodigiosa, siempre salía airoso de las pruebas. Hoy, haciendo una retrospectiva, me causa admiración mi asombrosa capacidad para adaptarme a diferentes grupos de personas, ya que durante el colegio era compartir horas con un determinado entorno; en el club y en el gimnasio era otro grupo; y en los veranos, en la querida pileta de natación del club donde yo era el niño mimado, sin duda había otro grupo, aunque en el fondo poco importaba, porque todas las escenas y escenarios los vivía como en una cápsula de la cual yo tenía el manejo de salir e interactuar cuando lo consideraba necesario.

Siempre tenía noviazgos y relaciones con chicas que estaban tras de mí, pero, para ser honesto, no me enganchaba; es decir, no comprometía mis sentimientos, porque estaba más abocado a mis tareas: el deporte de la natación, que me devolvía esa cuota de amor que todos necesitamos, además de que siempre estaba presente en mi descanso de guerrero ese manto de ternura y remanso de paz que es *Devi*, con su protección y cuidado, como a un hijo pródigo. O sea que en esa adolescencia temprana no había encontrado todavía ninguna mujercita que me volase la cabeza y me hiciera estallar el corazón. Pero es como aquellas cosas que uno encuentra cuando no busca, y la tranquilidad de vivir de momento en momento siempre tuvo que ver con lo que eternamente tengo para compartir con quien lo desee, que es la tremenda paz de mi corazón —gracias, *Devi*, por ese corazón inmenso que forjaste en mí, corazoncito valiente, caballero de la guerra—.

Comenzaba a aparecer la palabra *gracias* en mi vida por lo que yo podía realizar con la simple dicha de estar vivo y el pensar que somos el resultado de lo que alguna vez pensamos; entonces, ¡pensemos todo lo bueno que podemos ser y hacer mañana!, con la ilusión de que medianamente podemos manejar nuestras vidas sin estar advertidos de que muchas veces somos parte de un desarrollo de leyes universales cósmicas, como la ley de gravedad, ley de accidentes, a la cual todos estamos expuestos, leyes de recurrencia etcétera —¿o acaso nunca te ha parecido haber vivido situaciones similares, o haber pasado por lugares donde has sentido haber estado sin siquiera conocerlos?—.

Así transcurrió casi todo el período de mi colegio secundario, con la alegría y pimienta que yo siempre pongo en los hechos, porque de una cosa podés tener la certeza: de que podrás amarme u odiarme, pero por mi emanación de energía, por mi aura no te puedo resultar indiferente, y mucho menos aburrirte.

Como el ojo del huracán, en medio de una gran calma, sorpresiva e inexorablemente, el certero ataque al corazón estaba por suceder.

Fue una mañana, en el patio del colegio, donde la luz del sol pareció congelar todas las imágenes; el tiempo, detenerse; los planetas, alinearse; y la sangre —ese fluido mágico que hace de puente entre las almas y los sueños—, volatilizarse.

Nos encontramos frente a frente, sin dejar de espiar por las ventanas del alma. La intensidad de nuestras miradas hizo transferencia del uno al otro como dos ADN que se hubieran reencontrado luego de haber estado perdidos en un laberinto de espejos y sentir que nunca debieron caminar solos.

Yo no podía hacer otra cosa que mirarla. Natalia comía un chupetín y me miraba con todo el cielo en sus ojos. Sentía el golpe del *knoc out* y caer en caída libre, pero en ascenso al cielo.

No sé el tiempo de reloj que transcurrió, pero en esa caída libre los brazos alados de mi divina *Devi* me pusieron de pie en un altar. Me tomó con sus manos suaves de la cabeza y, mirándome a los ojos, me dijo con firme suavidad:

—*¡Esto es así! Las vidas están trazadas. La mano no te la soltaré nunca, pero en vos está el aprendizaje y tu calificación. No olvides nunca que una mujer crea el hombre, otra mujer lo perfecciona y Dios-Madre lo salva.*

Mientras yo estaba allí, parado, ella seguía con sus ojos desarmándome, y lo curioso era que a mí me gustaba; o tal vez como mi imagen era impecable, acerada, muy prolija y muy pulida me creía aquello que dijo el *Indio* de que las minitas aman los payasos y la pasta de campeón.

Lo cierto es que Natalia había nacido el 2 de julio de 1962 en la ciudad donde nos estábamos conociendo. Nació con el rayo del sol en la frente, a pesar de que la parieron en invierno. Su belleza, su bondad y su luz eran el orgullo de sus padres, quienes no ahorraban esfuerzos en esgrimirla como si fuera un trofeo.

Creció y se desarrolló en el seno de un hogar enfermo y contaminado por la traición, la violencia ciega y la mentira.

Su alma divina solo pudo sobrellevar esa pequeña vida adelante manipulando a sus afectos y sus sentimientos a través de la más primaria de las sensaciones humanas: ¡el hambre! El hambre como protección y amparo para obtener un pedazo de amor a cambio de un llanto, un gesto o una mirada.

Era poseedora de una belleza singular, en contraposición a su única hermana menor, que, a decir de su propia madre, Betty, era feita, y la ocultaba, o al menos no la mostraba como lo hacía con Natalia. Creció con esa diferencia en el trato que le hacían sentir sus padres y, a su vez, una exigencia en su rendimiento de cuanta actividad la ponían a realizar directamente proporcional a su belleza.

Jamás dispuso de su tiempo a voluntad, porque entre las horas de colegio la llevaban y la traían a diversas actividades, como música, donde tuvo que aprender a tocar piano; además, le compraron uno para ellos lucirse con sus melodías cuando recibían visitas. También tomaba clases de idioma por el solo hecho de que había que aprender, porque queda mejor. Y a pesar de haber tenido un episodio de asma en su infancia, cosa ya superada, practicaba atletismo de alto rendimiento como una campeona.

Así le armaban sus padres sus días y sus horas para ejercer sobre ella un seudocontrol, además de seleccionarle sus amistades y relaciones.

Sin duda que toda esta imposición externa, en un espíritu como el de Natalia, había de tener una respuesta inmediata de una reacción interna de su esquema corporal y de su psiquis.

Ya había comenzado en la niñez a hacer pequeños ensayos con sus actividades de alimentarse o nutrirse, y que es acaso la decisión de permitir que algo externo, sea, en este caso, un alimento, ingrese a nuestro cuerpo. Ella jugaba en la mesa haciéndoles creer que comía todo lo que le servían.

Las cosas pueden verse como meros datos estadísticos y no por ello van a dejar de ocurrir o de ser. Por ejemplo, si mi vecino se come dos pollos por día y yo ninguno, el dato estadístico o el número dirá que en promedio comimos un pollo cada uno, y mi pregunta será: "¿Dónde está mi pollo?".

Lo real es que, a raíz de una nutrición deficiente o disfuncional, se altera el funcionamiento del eje *hipotálamo-hipófiso-gonadal*, pero también el funcionamiento de los ejes *hipotálamo-hipófiso-tiroideo* e *hipotálamo-hipófiso-suprarrenal*, lo que afecta la neurotransmisión y produce disfunciones en los sistemas *noradrenergicos, serotonergicos* y *dopaminergicos*. Y es que hay una relación muy sutil y amorosa con la cuestión de la dopamina; la palabra *dopar*, que hace al calmar y el establecimiento del descontrol o el control, y quién lo ejerce.

Metidos de lleno en ese laberinto mágico e insondable que es la mente humana hay allí un mapa genético que nunca es perfecto y, en algún punto, tiene una fisura que se va a quebrar por donde esté tu debilidad humana, y es con lo que el sistema o los sistemas te van a tentar: alcohol, drogas, sexo, trabajo, dinero, comida —alimento—. Lo único que cualquiera de estas panaceas de placer van a proporcionar es un halo de placer, pero *nunca* paz, y a medida que aumenta el placer también aumenta la dependencia.

Ya estaba creado en el ADN de Natalia, y en sus íntimas células, el caldo de cultivo para su posterior desequilibrio psicofísico; por ahora, el mayor estremecimiento de su alma en el más alto grado sin reparar lo que pasaba en derredor era ese fatal y vibrante encuentro conmigo para vivir, sin duda, lo que de alguna forma está escrito.

¡¡¡Dios!!!, mirando en lo profundo del interior de esos ojos, con poder casi hipnótico, sin olvidarme de mi condición casi humana, te pregunto:

(Flaco, dame una razón)
No soy un príncipe ni un mendigo, ¡soy un
gladiador!
Luché la adversidad como el que más
desde el primer suspiro de vida.
Sufrí el abandono, la burla y el atropello.
La soledad que alguna vez busqué solo ayudó
para redimir mi dolor.
Cuando en aquellos ojos encontré la luz,
creo que fue tan fuerte que me cegó;
tal vez confundió mi mente, pero nunca lo logró
con mi espíritu.
Equivoqué mil caminos como en un laberinto
para preguntarme un día:
"Golpeaste mi alma tan fuerte que todavía hoy duele.
¿Por qué si hay primavera y luego invierno,
y a la risa la persigue el llanto,
es mi soberbia que de igual a igual te pide una
razón?
¿Por qué si puedo comprar una casa no puedo
poner en ella un hogar?
¿Por qué si tengo la cama no puedo recostar en
ella mis sueños?
¿Por qué sí puedo comprar el remedio, pero no
la salud?
¿Por qué sí hoy puedo tener la convivencia, pero
no el amor?
¿Por qué podemos tener diversión, pero no la
felicidad?
¿Por qué el crucifijo no me garantiza la fe en
vos y por qué hoy has dejado mi alma muda de
pedirte una razón?
No te olvides de que existís porque yo creo en ti;
entonces, mi soberbia te pide humildemente...
¡¡¡POR DIOS, NO ME ABANDONES!!!

La continuidad de nuestra historia, en algunos puntos, puede parecerse o no a otras.

Nuestros tiempos comenzaron a ser afines y nuestras almas empezaron a cruzarse en tiempo y espacio con más asiduidad.

Nos veíamos en nuestras actividades deportivas o sociales, cada uno tratando de disimular su interés por el otro. Realmente, era muy tierno y romántico.

Entonces, llegó el Día de la Primavera o del Estudiante, o de ambos; lo cierto es que hubo festejos y un baile al que asistimos, y haciendo un esfuerzo titánico y dantesco por vencer mi timidez, le declaré a Natalia que quería comenzar a vivir situaciones y experiencias junto a ella, andando juntos por el camino de la vida, a mi manera y con las palabras que encontré en ese momento, pero más allá de todo, con un lenguaje corporal desde lo vibracional que nos hizo sentir una unión, y, por supuesto, iniciamos en aquella primavera lo que fueron las primeras páginas de nuestra historia.

Paseos por el río, caminatas, tomar café, compartir momentos, compartir felicidad, comenzar a ser una común unión y una adicción. Perdíamos ambos la noción del tiempo cuando estábamos juntos.

Comenzamos a tener mucho protagonismo cada cual en la vida del otro desde lo afectivo, a proyectar hacia delante cosas simples y vibraciones positivas, abrazos de oso sin fin, que parecían no terminarse nunca, miradas de ternura infinita, esperar al otro, y lo que es más importante, saber y sentir que a uno lo esperan; por las tardes, en un invierno que hubiera deseado que nunca se termine, sentarnos a tomar un chocolate caliente.

¡Qué cosa tan bella la simpleza del amor y sentir que uno ha encontrado esa otra parte del alma humana, en su peregrinar, vida tras vida, en la rueda de Samsara, como si fuese un andrógino divino! Se puede llamar alma gemela, media naranja; en fin, el sentimiento es el mismo: que son dos corazones, pero latiendo por una misma vida.

Maravilloso es el creer; indudablemente, la sola palabra creer, por su etimología y asociación a crear y a la fe, nos lleva a tener proyectos, a cabalgar en caballos alados por sueños divinos, usando nuestra imaginación positiva para desarrollar esa planificación sin límites que es la vida, la cual nunca se detiene ni muere; solamente se transforma, muta, se transustancia, y debemos estar atentos y trabajar para ampliar nuestro estado de conciencia en la comprensión de los hechos para no caer en el error de juzgar jamás.

Te cargo en mis brazos y elevo una plegaria,
empuñando mi espada y volando hacia el centro
de la radiación solar sin límite. ¡Benditos los
que creen aún sin ver!
¡NO TE OLVIDES NUNCA!
No te olvides nunca de que quizás hoy tu
corazón sin dios
no se estremezca con la sonrisa de un niño;
que tu alma cansada no goce con la simpleza de
lo cotidiano.
No te olvides nunca de aquella mi sonrisa de
chico feliz.
No te olvides nunca de aquellos gatitos en el
desván.
No te olvides nunca de mi mirada firme y
tierna.
Si has dejado de creer en el amor.
Si has dejado de creer en un mañana.
Si hoy los sueños abandonan tu horizonte,
alza tu cabeza y levanta tu mirada al cielo,
reflejo de tus propios ojos,
y recuerda que no hay mil mundos ni mil cielos,

ni mil soles.
Solamente hay un sol, un solo cielo y un único
mundo.
Entonces, no te olvides nunca de que ese mundo
¡es de aquellos que CREEN!

Yo creo fielmente que si nace el amor verdadero entre dos seres —y amor se nace— este nunca puede morir, porque es como un ente; es decir, nació y cobró vida por la energía puesta por dos seres en un sentimiento, por la vibración del color más puro.

Una vez que nace este amor va a crecer proporcionalmente al caudal con que se lo alimente.

El resto es circunstancia; es decir, cuando por enredos de la vida las personas se distancian y entre ellos hubo *verdadero amor*, este, como una criatura, queda huerfanito y va a pasar a nutrir otras esferas, y ¡por Dios-Madre!, sí que alimentamos ese amor con lo más noble y con la energía más rica de nuestro botiquín del corazón.

A menudo, parecía crecer tanto, tanto que el pecho se me hinchaba hasta llenarme de éxtasis deleitoso, y mis pulmones parecían estallar, y adquiría dimensiones tan grandes que al fin era él quien me contenía a mí. Es difícil aún para el poeta más logrado poder a veces describir con palabras *toda* esa carga gigante de sentimientos que solo puede contener el *paraavalanchas* de tu inmenso y tierno ser.

Asíais, comenzamos a vivir en otro nivel vibracional, con simpleza, claridad y frontal acción, quizá cada uno confundiéndose con el otro para escapar de uno mismo.

Aunque la percepción del tiempo se hacía variable, mi propuesta para con ella era disfrutar del tiempo y de las personas que lo habitan, teniendo en claro y sabiendo, como dijo el monstruo Williams, que "el tiempo es muy lento para los que esperan, muy rápido para los que tienen miedo, muy largo para los que se lamentan, muy corto para los que festejan, pero para los que aman ¡el tiempo es Eternidad!".

Y esto lo digo y lo sostengo eternamente, con mi tallado en diamante *corazón idiota*. A vos y a todos les digo: *PUEDO ESPERAR MÁS QUE TÚ, PORQUE YO SOY EL TIEMPO.*

Estaba concluyendo el año lectivo escolar y yo debía, como todos los chicos que concluyen el colegio secundario, no en mi caso motu proprio, sino más bien por un designio familiar, ir a realizar algún estudio universitario para, como se dice vulgarmente, *ser alguien en la vida*, como si un cartoncito con su nombre, al que llaman título, fuera el pasaporte a un estado de felicidad.

No hay recetas en la vida de las personas para garantizar felices momentos; únicamente si se logra un mundo emocionalmente pacífico, aquietar el cerebro, se podrá hablar de obtener paz para compartirla con sus semejantes.

A todo este derrotero de vivencias, una de las pocas posibilidades, sino la única, que me proponían era ir a estudiar a la ciudad de Neuquén, donde un familiar de mi padre, que a su vez era mi padrino, podía alojarme en su casa y así aliviar los costos que demandaban mi permanencia mientras avanzaban mis estudios superiores.

El hecho de que se llegase a producir mi alejamiento de la ciudad y eso provocara un distanciamiento temporal en nuestra relación con Natalia le provocaba a ella, y en mi caso no era mucho menos, una profunda melancolía y un halo de tristeza, razón por la cual pasábamos mucho más tiempo juntos y buscábamos, a nuestra manera, tener momentos íntimos, y yo usaba toda una parafernalia de recursos a mi disposición, dados por mi creatividad y la posibilidad de que disponía.

Ya les había contado de mi querida tía Florencia, que a su vez era mi madrina —y he aquí otra vez esa manifestación del eterno femenino que hay en la naturaleza y que nos guía y protege—. Ella solía viajar y ausentarse de la ciudad a menudo;

entonces, como era muy amante de las plantas en su casa, las dejaba a mi cuidado para su riego, Por lo tanto, me confiaba la llave de su casa para esos menesteres.

Betty, la mamá de Natalia, a pesar de tener en mí una extrema confianza, cariño y un excelente *feedback* —así lo sentí siempre—, era también ultracelosa, castradora, dominante y posesiva, por lo que seguía muy de cerca, con actitud controladora, los movimientos de la blonda Naty, razón por la cual, para tener solo un par de horas a solas, por ejemplo, salíamos muy temprano por la mañana a realizar actividad en la pista de atletismo. Sin duda, esta diligencia no despertaba ninguna sospecha, puesto que ambos éramos deportistas consumados aquí en nuestro medio. Lo real era que, aprovechando la tenencia de la llave para entrar a la casa de mi tía, íbamos a recrear nuestro amoroso deleite de indescriptible belleza y magnetismo.

Cada vez que trasponíamos la puerta de entrada de la modesta casita, sentíamos entrar en un palacio de lapislázuli y jaspe, adornado con flores de mil pétalos y perfumes orientales de exquisitas fragancias.

Así, dejándonos llevar por ese amor que habíamos creado, que parecía guiarnos sin miedos ni conceptos mentales preexistentes, viajábamos fundidos en eternos besos y abrazos que no conocían el final, y usando toda mi humanidad, con la ternura más grande que se pueda imaginar,

yo te amaba, te besaba, te miraba,

apretaba tu nariz,

mordía tus axilas,

lamía tu columna vertebral,

Y a pesar de guardar ambos la oscuridad de un secreto, también usábamos la luz de una palabra.

¡Reinita! ¡El universo era nuestro! Y luego reíamos hasta que nos dolía la panza.

Ese verano lo vivimos con mucha intensidad, pasando días deliciosos en la casa de veraneo que la mamá de Natalia tenía junto al mar, y, sin horarios, disfrutamos de los amaneceres más esplendorosos, bañar nuestras almas desnudas en la espuma vivificante del mar, realizar en la playa audaces cabalgatas en el caballo que le habían regalado a ella cuando cumplió quince años… Por cierto, se llamaba *Chiche* y era muy rebelde, pero muy noble.

Tomar dorados rayos de sol que nutrían nuestros cuerpos de dioses griegos, cenas y fogones con amigos, y estrelladas noches preñadas de misterios.

Pero se acercaba el día en que debía partir rumbo a la universidad, y una noche, a modo de despedida, cenábamos en el restaurante que tenía el padre de ella, llamado "Candela", sin registro de lo que pasaba a nuestro alrededor, y como una especie de juramento, Natalia, que no me había soltado el brazo ni un instante —lo cual no me dejaba comer—, por lo bajo, al oído, me susurró:

—*Joe (así era como me llamaba en la intimidad), si algún día vos me dejaras, yo, ¡o me hago monja, o me hago puta!*

Jamás se me hubiera ocurrido una salida semejante, como tampoco se me cruzaba por la cabeza abandonarla y mucho menos traicionarla, creyendo fervientemente que *¡¡¡LA TRAICIÓN SE PAGA CON SANGRE!!!*

Era la primera vez en muchísimo tiempo que volvía a tener la sensación de que en alguna forma era un mero espectador de mi propia vida. Abundaban las preguntas sin respuestas en nuestros ánimos, y abrazados tan fuerte que llegaba a doler y casi lastimar, le pregunté a ella:

—Si todo se reduce a la unidad, ¿la unidad a qué se reduce?

Y ya en la despedida de ese viaje, comenzamos a sentirnos hambrientos de caricias y hambrientos de miradas, porque, sin duda, la mirada y el sentimiento de amor del uno hacia el otro nutrían y alimentaban un crecimiento.

Era muy trabajoso pasar los días de estudio en la universidad; las horas libres y hasta los fines de semana se hacían muy largos en espera no sé de qué, y es que habíamos logrado un acople divino y humano: yo era el Sol y ella era la Luna; yo, el Rey, y ella, mi Corona; y cuando yo tenía hambre, ella era mi pan. Entonces, le dije:

—¿Podrías atreverte a no pensar jamás en obtenerme?

¡Y respondió que no!

Ese primer año, nuestra comunicación era básicamente a través de la escritura, con interminables cartas que cada cual leía y dormíamos abrazado a ellas, impregnadas de perfume, y esto que quede entre nosotros y no se lo cuentes a nadie más —ella a su parte más íntima la llamaba *osita*, y a mi miembro, *osito*; entonces, en un recuadro de las cartas, a modo de saludo, mandábamos un besote, yo de mi osito y ella de su osita; era realmente muy tierno y lleno de gracia, y no había en ello terceras intenciones, solo amor—.

Comencé a pensar que mi paso por la universidad era totalmente al pedo, porque no me imaginaba feliz con ningún título de esos alcanzados, y empecé a ver que era la realidad de cada persona y pude arribar a una primera conclusión: que no hay una única realidad, sino tantas como seres hay en el mundo, y que una buena forma, sino la única, de medir la vida no es por el tiempo vivido, sino por el grado de felicidad alcanzado, aunque sea de escasa duración, pero sí de elevada intensidad.

La primera vacación de invierno que tuve creo que el transporte colectivo no había alcanzado a detenerse que ya estábamos juntos, respirando el mismo aire, y no nos apartamos por el tiempo que duró el receso. Yo tuve que regresar a la universidad y ella ya había iniciado sus estudios para ser profesora de Educación Física. En realidad, ese semestre pasó sin mayores complicaciones, y al llegar al final del año me vi envuelto en un laberinto que se me hacía muy difícil de resolver.

Y dije que mi paso por la *uni*, más que un gusto personal o una decisión propia, había sido una imposición familiar. Una cosa que a mí siempre me había gustado era el estudio de teatro, las artes escénicas y, obvio, la escritura, pero en el seno familiar de aquellos días el solo plantearlo arrancaba la frase: "¿Qué vas a hacer vos?", como una burla; por eso es que con mi padre nunca hubo química ni entendimiento.

Yo soy de tomar decisiones a veces con un tinte de dramatismo elevado —¡ojo, que drama significa acción, eh!—, y como me sentí acorralado por la desesperanza y la situación, en vez de regresar ese fin de año a mi casa, empaqué mis cosas y me fui rumbo a la ciudad de Buenos Aires, donde me anotaría en el Conservatorio Nacional de Arte Dramático. Llegué a la gran ciudad una mañana del mes de diciembre, con excesivo calor, y luego de ubicar mis escasas pertenencias en una pensión donde vivir, salí a buscar trabajo para poder mantenerme, puesto que con lo hecho se había cortado todo lazo y relación con mi padre, y ni hablar de mantenerme.

A modo de despedida, les había enviado una cinta grabada con mi voz, y también a Natalia, donde les decía que, aunque sentía que el corazón me estallaba en cien mil pedazos, el hecho de quedarme estudiando algo que yo ni siquiera había elegido seguramente terminaría entristeciéndome y enfermándome.

Pasé, sin duda alguna, la Navidad más triste de mi vida, lejos de mis afectos y de esa personita que aún habitaba dentro de mí. Conseguí un trabajo de medio día, bien pago, ya que para las entrevistas laborales siempre tuve excelente presencia, locuacidad y muchísima seducción. El resto del día, lo repartía asistiendo al gimnasio de la Federación Argentina de Boxeo, donde, aparte de realizar gimnasia, aprendí a boxear, y cuando comenzaron las clases en el Conservatorio empecé a asistir en el turno noche. Pero eso que llamamos destino volvía a presentarse como determinante.

Yo ya me había comunicado con Natalia, y obvio que ella quería que yo regrese a su lado, fuese como fuese. Y allí apareció la inflexibilidad de una cuestión que no podía ser sorteada. Por aquellos días, en este país, se hacía lo que se llamaba el servicio militar obligatorio, que ni más, ni menos era permanecer bajo bandera un año, y la desobediencia la castigaba la ley con el grado de desertor y cárcel. Yo había sido sorteado con mi DNI y no quedaba otra salida que regresar a cumplir con esa obligación de mierda y ver en esta otra etapa cómo seguíamos con Natalia. A decir verdad, nunca habíamos cortado la relación desde el alma y los sentimientos, y lo juro por la luz de mis ojos que desde que conocí a Natalia y hasta el último día que estuvimos juntos no tuve otra mujer a quien amar, y, de hecho, no toqué a otra.

No les voy a cargar responsabilidad al sentimiento y al pedido de ella para que regresara a su lado, pero, sin duda, fue lo que más pesó.

Ella ya estaba cursando sus estudios terciarios para recibirse de profesora de Educación Física y yo tuve la suerte de poder quedarme, en la ciudad, a cumplir con el servicio militar obligatorio, en un distrito local, donde solamente hacíamos tareas administrativas y en un horario de oficina, solamente de mañana. La gran ventaja que teníamos era que comíamos y dormíamos en nuestras casas, es decir que con Natalia nos veíamos en los ratos libres y pasábamos mucho tiempo juntos los fines de semana, siempre con la misma intensidad en cuanto a lo sentimental.

Aburrido de una vida esquemática y estática, casi sedentaria, habiéndome desarrollado en un ámbito deportivo de una actividad acuática como es la natación, sentí, como siempre, la necesidad de darle a mi cuerpo un plus motivacional y comencé, como disponía de las tardes libres, a realizar actividades en el gimnasio, específicamente físicoculturismo, que siempre me maravilló, y, además, tiene un trasfondo de transformación, ya que, a través de la actividad con pesas y las dietas —otra vez el dominio de la voluntad sobre el cuerpo y el hambre— podemos modelar un esquema corporal. Esto le agradaba mucho a mi novia, ya que, en cierta manera, la hacía sentirse protegida y contenida.

Mi crecimiento físico muscular fue muy notorio, debido a mi voluntad inquebrantable y una carga genética privilegiada.

Ese año de colimba fue muy revuelto en lo social, porque a la guerra con Inglaterra por las Islas Malvinas se le sucedía el advenimiento de otra etapa democrática en esa loca Argentina. Como el año estaba avanzado y la baja del Ejército estaba próxima, había que ir buscando un nuevo horizonte en lo laboral, porque en la casa de mis viejos ya no quería permanecer y tenía que hallar una independencia. Me presenté a rendir un examen de admisión en lo que se llamaba Banco de la Provincia de Río Negro y saqué un 10 como nota total, pero había que esperar una cuestión de cupo para entrar.

Mientras, me dedicaba a llenar las horas de mi vida de la forma más alegre posible, repartiéndolas entre el gimnasio, los amigos, el club y, por supuesto, mi novia.

Llegó el día en que recibí la noticia de que el lunes siguiente debía presentarme a trabajar en el banco, vestido de saco y corbata, así que salí corriendo a una sastrería a comprarme un traje para comenzar mi nuevo empleo. Nunca me costó demasiado aprender cosas nuevas, y dada mi habilidad para sociabilizar, me adapté pronto a mis compañeros y al trabajo en sí. Los sueldos que se pagaban en el banco por aquellos días eran más que buenos y rápidamente me permitieron realizar un ahorro importante —creo que la capacidad de ahorro proviene de que soy rata en el horóscopo chino, ja, ja—.

Con mi trabajo estable más que bueno y la recién recibida *profe* Natalia, que ya estaba dando clases y ganándose lo suyo, comenzamos a proyectar hacia delante lo que sería nuestra unión matrimonial, irnos a vivir juntos o como se lo quiera llamar.

Fijamos fecha para el casamiento y en el tiempo hasta el acontecimiento nos dedicamos a comprar lo que serían los muebles para nuestro hogar. Al principio, alquilamos una vivienda, pero yo ya había comprado un terreno donde construiríamos una casa que sería para albergar definitivamente a nuestra familia.

Por esos días, además de nuestros trabajos por separado, es decir, el mío en el banco y el suyo, dando clases en las escuelas, compartíamos un gimnasio que logramos comprar con mucho esfuerzo y dedicación, en el cual realizábamos juntos la actividad de físicoculturismo, luego de haber obtenido un vicecampeonato nacional en parejas.

Llegó el día de nuestro casamiento y los nervios se hacían notar en la iglesia de Nuestra Señora de la Merced. Estaba preparada para recibirnos una gran fiesta que nuestros padres habían preparado para vernos llegar en nuestros trajes blancos, inmaculados.

La noche anterior a la boda, me despertó Isis en sueños —lo que se llama una salida astral— y, llevándome al portal de un palacio donde la luz dominaba, me puso de rodillas y a los ojos, mirándome, me dijo:

—*Para ser es previo no ser; para nacer y ser se debe morir primero. Si lo logras, serás llamado el dos veces nacido. No rechaces mi oferta. Piénsalo bien. Más vale morir ahora que vivir a la espera de la muerte. No creas que si me rechazas podrás seguir indemne tu camino; por el contrario, todos los caminos conducen a mí. Ignórame y serás como lo huérfanos que no conocen a sus padres. Solamente tienes dos caminos: o te devoro, o te desposas conmigo. Tuya, solo tuya es la elección. Si eliges ser devorado, dedícate a gozar la vida, apura la copa del placer hasta la última gota, cierra la mente a la voz del espíritu, entrégate a la bestia y disfruta del placer sensual de la materia. Así, casi sin darte cuenta, llegará el momento de la antropofagia final. ¿Crees acaso que me compadeceré de ti? Te engañas, no tengo sentimientos; estoy más allá del placer y del dolor, más allá del bien y del mal. Soy como el Sol, que se levanta en las mañanas para alumbrar a todos por igual. Después de tu muerte, serás solo un despojo y un recuerdo. Después..., ni siquiera eso. Si anhelas desposarte conmigo, debes estar dispuesto a sufrir la muerte iniciática; tendrás que pasar por las puertas a las cuales te someterá sin piedad la terrible efigie para aquilatar tu valor espiritual y la calidad de tu temple. Yo me entrego solamente al que llegó a la crucifixión, resistiendo los embates de los cuatro elementos. Amo solamente a los que han sabido apurar la copa de la amargura, de las traiciones, del escarnio y de la burla; persecuciones, calumnias y difamación; a los iniciados que han persistido con valor, sufriendo la soledad del espíritu en medio de un mundo de animales. Si me rechazas, recibe mi bendición y prosigue tu camino; destinado estás a ser alimento de los dioses, y no todos pueden ser* hombres, *algunos solamente animales o, peor todavía, vegetales. Si vienes a mí por curiosidad, piénsalo dos veces: es fácil ser temerario con lo que no se conoce. Si no tienes el valor necesario, retrocede, escúdate en tu vanidad y en tu orgullo, confórmate con mirar el suelo como tus congéneres. Si no estás preparado, no aspires a conocer mi rostro; desgraciado aquel que, poseído de animal codicia o insana curiosidad, contemplare aunque fuera mi reflejo, porque no me olvidará jamás y morirá por el ansia de poseerme. Si estás preparado, si tienes ojos para ver y oídos para escuchar, si tu intención es noble y pura, prosigue sin desmayo y sabe que a partir del momento en que cruces la puerta de la oculta morada* YO TE ESPERARÉ, ANSIOSA COMO LA NOVIA ADOLESCENTE CON SU PRIMER AMOR. ¡BUSCA Y ENCONTRARÁS! NO ELEVES PRECES A LOS DIOSES. LUCHA POR MÍ. ME CONQUISTARÁS POR LA FUERZA DE TU DECISIÓN Y NO ORANDO.

Luego, pasó todo lo que debía pasar: nos casamos e hicimos nuestro juramento, que en mi caso tiene lo sagrado de atribuirle a la palabra el poder que en sí misma tiene y no lo que nombra. En la fiesta, como en todas, se veía gente contenta. Esta estuvo más que buena, porque, además, era en nuestro honor, y una vez que cumplimos con el protocolo o con los ritos de rigor que se tiene la costumbre de cumplir, salimos, previa despedida a todos —que nos deseaban buena vida—, hacia nuestro viaje de bodas, unidos, ahora sí, en *matrimonio*, y quiero recalcar lo que significa esotérica y etimológicamente la palabra matrimonio: matri-mon-io: *matriz* y *hombre en unión*. Se entiende ahora por qué no se puede hablar de un matrimonio que no esté formado por macho y hembra en la naturaleza.

Dos semanas de viaje y despreocupación pasaron al son del encanto, mientras nos íbamos conociendo más en profundidad.

Regresamos a lo que había de ser nuestra casa y, obviamente, a recomenzar nuestras vidas laborales y sociales. La madrugada que llegamos, como no habíamos previsto nada de lo que se tiene previsto cumplir en una casa, tuvimos que acostarnos sin comer, porque la alacena de la cocina y la heladera se encontraban completamente vacías.

Y entonces, a la mañana siguiente, realizamos nuestra primera compra en el supermercado, incluso con cosas que no íbamos a necesitar, como les pasa a casi todos.

Repartíamos nuestro tiempo trabajando, yo en el banco por las mañanas y mediodía, y nos encontrábamos en nuestro gimnasio por la tarde, donde cada cual atendía a su gente.

Su obsesión y dedicación por la preparación de la comida no me llamaba la atención, puesto que, como deportistas, siempre habíamos tenido dietas o regímenes alimenticios distintos al común de la gente.

Ella se levantaba muy temprano, tipo cinco y media o seis de la mañana para cocinar lo que serían los platos de todo el día, y como hasta la noche no nos sentábamos juntos a compartir la cena, yo deducía que durante todo el día, en medio de mucha actividad y mucho frenesí, se había alimentado y nutrido correctamente en tiempo y forma, además de que por su formación tenía un vasto conocimiento sobre nutrición y deportología.

Con el transcurrir de los días, semanas y meses, nuestro entorno, es decir, familiares, amigos y allegados, comenzaron a bombardear con el consabido: "¿Para cuándo?", en relación a tener un hijo —y es apenas normal que así lo hagan—, puesto que una de las principales razones para las cuales se unen dos seres es para la procreación o conservación de la especie, ¿no?

Lo cierto y real era que nosotros lo estábamos intentando mañana, tarde y noche; es decir, cuando disponíamos de algún tiempito a solas en nuestro hogar no perdíamos el tiempo, y esto formaba parte de nuestros planes o como quiera llamarse.

Cuando uno está involucrado en una situación y no se toma el respiro para ver qué es lo que sucede se suele perder el objetivo.

En realidad, Natalia estaba realizando un tratamiento hormonal para quedar embarazada y también pasaba meses sin menstruar; yo no sabía si esto se debía a la intensa actividad física que realizaba o a su trastorno alimentario, situación de la que yo estaba a años luz de enterarme.

También creíamos que podía deberse a una situación de karma —causa y efecto—, porque en un momento de nuestro noviazgo que ella sufrió un atraso tuvimos que realizar un raspaje para que menstrúe, puesto que no paraba de llorar y decía que si sus padres se enteraban la iban a matar.

Y hoy más que nunca, a la distancia, sostengo que *ponemos más atención a las palabras para perderle el miedo al sentimiento. Y el miedo, digo, es el octavo pecado capital. ¿Quién nos podrá quitar el miedo?*

También estaban los comentarios envidiosos de las conventilleras de turno, que decían que nunca iba a poder tener hijos, ni yo tampoco, quizá porque éramos para ellas como estereotipos inalcanzables... ¡En fin!

Pero la rueda avanza y la vida no se detiene, y yo siempre A DIOS ROGANDO Y CON EL MAZO DANDO.

Entonces, una noche más, mientras estaba en el plano astral —durmiendo el cuerpo físico—, se hizo presente Devi. Esta vez, venía acompañada de dos hermosos querubines —angelitos— suspendidos sobre sus hombros y nuevamente, poniéndome de rodillas ante el altar de la vida, extrajo una carta de un sobre que traía entre sus manos y me la leyó:

—*Hoy es 20 de julio de 1987. Te vengo a comunicar, en compañía de mis querubines, que por divina decisión del tribunal de la justicia celestial, el señor Anubis y sus cuarenta y dos arcontes informan que* NATALIA *y* JUAN SIMÓN *acaban de concebir una criatura para poner más luz en sus vidas, con todo lo que ello implica llevar a cabo esta obra, y no se olviden nunca de que acaban de ser bendecidos una vez más.* UN VIENTRE QUE REPRODUCE LA ESPECIE Y UN VIENTRE QUE REGENERA Y LLEVA AL NACIMIENTO SEGUNDO. *Y si la pregunta es "¿Quién nos podrá quitar el miedo?", la* VERDAD *es la única respuesta. Les dejo paz en el corazón...*

¡Qué felicidad cuando Natalia regresó con los análisis que confirmaban su embarazo!

Creo que reímos todo el día seguido, tanto, que hasta nos dolía la panza, porque la *risa* es el sol que ahuyenta el invierno del rostro humano.

Enseguida se corrió la buena y nueva noticia para alegría de familiares, amigos y gente que te quiere bien. Entonces, comenzamos con Natalia a buscar nombres. Si resultaba varón, sería Franco, y de nena no teníamos mucha idea, pero la situación de traer a alguien más a este mundo nos ponía locos de contentos y yo besaba esa panza y la acariciaba cuantas veces podía. Sentía que mi ángel de la guarda, la divina *Devi*, nos había ayudado una vez más con la máxima bendición que un ser humano puede tener, que es su trascendencia. Trabajábamos muy duro toda la semana y los fines de semana lo dedicábamos a tener nuestro espacio, con paseos, imaginando cómo sería esa nueva personita que vendría a traer luz y alegría a nuestras vidas. Además, visitábamos a su abuela María y a su tía, a quien llamaban Au, que si bien estaba semiinmovilizada por un tema de salud, era muy amorosa con nosotros y nos agasajaba con tortas y todo tipo de exquisiteces para mimarnos y también proyectando el advenimiento de la nueva criatura.

Justo antes de que naciera nuestra hija, nos mudamos a nuestra propia casa, para la construcción de la cual yo había solicitado el otorgamiento de un crédito bancario, ya que poseía mi propio terreno.

En cuanto al desarrollo del embarazo, si bien esa panza la vi crecer desde el primero hasta el último día, no tuve mucho registro del peso corporal de Natalia, pero su estructura no tuvo variación alguna; solamente el volumen y el peso relativos al feto. Esto nos habla de que su manejo de la parte alimentaria era notorio.

Pasamos un hermoso verano a orillas del mar, escuchando los latidos que desde su vientre provenían, a la espera del día que llegase el momento del alumbramiento.

La noche anterior al nacimiento, ella comenzó con dolores de parto; entonces, interrumpimos la cena que estábamos compartiendo y, previo llamado a su médico ginecólogo y a su partera, salimos presurosos hacia la clínica donde se realizaría el nacimiento, al que, sin duda, yo asistiría.

La cuestión fue que el cuello de su útero no tenía la suficiente dilatación; entonces, le dieron una medicación y nos mandaron a la casa nuevamente hasta la mañana. Con todos estos sucesos, nos dormimos, y muy temprano regresamos a la clínica. La espera se hizo larga y tediosa hasta que por esa falta de dilatación el doctor decidió realizar una cesárea para que no peligrase la bebé, ya que la bolsa estaba rota. Yo seguía esperando en el pasillo del Sanatorio Austral —así es como se llama el centro de salud—.

Por fin irrumpió María Elena, la partera, con la feliz noticia del nacimiento. ¡Qué memoria la mía! Eran las trece del miércoles 9 de marzo del año 1988.

A los pocos minutos del acontecimiento, una vez que se realizó toda la limpieza y la asepsia correspondiente, regresó la enfermera con mi hijita en brazos y me la ofreció para tenerla unos instantes.

No hay nada comparable a la vibración de un recién nacido. Al sostenerla en mis brazos y mirarle su carita, mi alma no paraba de llorar de alegría con una velocidad de un rayo que parece atravesar todos los sentidos.

En relación a ese instante supremo con mi querida hijita recién llegada y el cúmulo de sensaciones que me provocó, por ese aferrarse a mis dedos, algunos añitos más tarde, sentí escribirle algo hermoso relacionado con sus posibilidades de libertad y buena vida.

A LA INTITA DEL ALMA

¡Buenos días, rayito de sol!
Así llegaste un día
para ocupar un espacio,
algo que faltaba llenar
y que por tanto tiempo imaginamos
con tu mamá.
Te soñamos de mil formas
pero siempre bien, con mi pelo rebelde
y con los ojos de mamá.
Del día más feliz de mi vida,
no tengo dudas cual fue.
Hasta que por fin llegó el verano.
Y con tu pelo rubio y aureola blanca,
cerraste tus ojitos para esconderte en el agua.

Entonces, nada más importó para los dos.
¡Cómo no ser tu cómplice y amigo!
Si anoche, mientras jugabas a mi lado,
al yo querer dejarte en tu cama
con tu mundo de muñecos,
pensando en que ya dormías,
te aferraste a mi mano con ternura
y yo no pude ni siquiera
abandonarte en ese sueño
y me quedé a tu lado
hasta que el sol de la mañana despuntó.
¡Amo la libertad! ¡Pero temo
el día que te marches
y que sea inevitable
que al crecer nos abandones!
¡No sé qué mundo te lego!
¡Tampoco qué vida te doy!
¡Pero sí sé que te quiero libre!
¡Libre! ¡Y de cara al sol!

El papá (así me llamás)

La llegada de un nuevo ser pone un manto de amor y ayuda a cicatrizar todas las heridas.

Natalia tenía en su corazón dolores muy grandes por nuestro propio episodio vivido, pero también porque un día, poco antes de irnos a vivir juntos, su hermana Mara, con la cual compartía la habitación en su casa materna, la despertó a la madrugada de un día de agosto con fuertísimos dolores en su vientre que, para su atónita sorpresa, respondían a dolores de parto de un niño que estaba por nacer. ¿Cómo pudo su hermana disimular el embarazo y la panza en un ambiente familiar y casero? Sin duda alguna, porque sus padres en su función de tales estaban ausentes y en la práctica poco les importaba la vida de sus hijas.

Lo más dramático de todo este caso fue que, al enterarse su madre, Betty, la llevó a una ciudad vecina, donde una partera amiga asistió su parición y el horror más grande es que decidieron regalar la criatura, que se trataba de un hermoso y robusto varoncito. Hasta el día de hoy no se ha vuelto a tener noticias de ese niño. Que Dios le otorgue paz en su corazón.

Por estas razones vividas con embarazos y preñez, no podía menos que alzar mi cara al cielo y agradecer eternamente a la divinidad por la oportunidad de vivir el poder ser padre. *¡Gracias! ¡Padre! ¡Madre!* La vida de a dos se multiplicó a tres y eso era fantástico.

Una vez que nuestra niña nació, corrí hasta el Registro Civil para cumplimentar los trámites pertinentes y simplemente le puse de nombre ¡Bárbara! ¿Por qué? Porque, simplemente, era ¡BÁRBARA! ¡Solo con verla y disfrutarla, su aura era magnífica!

Comenzamos con Natalia a vivir un idilio nuevo en relación con nuestra hija. Yo, en particular, me sentía el rey del mundo, paseando con mi bebé. Tenía una mochila frontal en la cual la cargaba en mi pecho y realizábamos grandes caminatas a orillas del río, sintiendo el amor más noble y desinteresado del universo.

Me agradaba muchísimo cambiarle sus pañales, bañarla y darle su biberón, así como también ofrecerle los primeros bocadillos cuando comenzó a comer.

Mientras trabajábamos ambos de mañana, quedaba al cuidado de una señora, y ya por la tarde, yo pasaba el mayor tiempo posible con ella; incluso cuando realizaba mis ejercicios con pesas la tenía allí al lado, sentadita en su moisés y acompañada por nuestro perrito Arnold —un pequinés que formaba parte de nuestro grupo familiar—.

Natalia estaba muy poco tiempo con nosotros durante el día, ya que sus horarios de clase eran escalonados; entonces no me llamaba mucho la atención que no desayunara ni almorzara conmigo. El almuerzo yo lo realizaba en compañía de Bárbara, a la cual le preparaba ricas cosas que a ella le gustaban, y así me lo manifestaba. Mientras comíamos era una fiesta: nos reíamos muchísimo, jugábamos y le mordía con suavidad sus cachetitos, lo que siempre provocaba en ella una risotada. Paralelo a esto, yo descontaba que Natalia, entre sus clases y actividades, se nutría y alimentaba con orden y propiedad.

Ya desde el paso por su preescolar, Bárbara, por su alegre carácter y colorida creatividad, era muy amada y requerida por sus compañeritos de sala.

El día que entró al jardín de infantes, estaba como una muñequita con su delantal y su carterita, y al saludar para ir a clase, al querer darle un beso al perrito Arnold, se resbaló y le cayó encima; este, como acto reflejo de defensa, le dio un mordiscón en una mejilla que produjo un corte sangrante.

La verdad fue que no pude dominar un impulso negativo que sentí por haber lastimado a mi más preciado tesoro. Con mucho dolor en el pecho, lo llevé hasta el río y lo dejé abandonado. Pero, al regresar a casa, estaban Natalia y Bárbara llorando por el perrito, y Barby me pedía por su regreso con sus ojitos llenos de lágrimas y moqueando. A sus pedidos, nunca pude resistirme; entonces regresé a buscarlo y lo traje ante ella.

Fue ejemplificador el ver cómo una niña de tan solo cuatro años abrazaba a su perrito que la acababa de lastimar, diciéndole que lo perdonaba, ¡que le ofrecía su perdón! Realmente, ella nos estaba mostrando su grandeza de alma e inmensa humildad. Siempre nuestros hijos nos enseñan cosas; solamente tenemos que abrirnos a experimentar el aprendizaje. Con respecto a su perrito, pasados los años y como premio a tantos momentos de compañía en esta vida, cuando estaba ya viejito y enfermo, creo que se merecía estas líneas:

La sensación de ternura despertada por un
cachorro,
el comer de nuestra mano.
En tu corta o larga vida, acunaste mil sueños.
Creciste como un ratón
y defendiste tu vida como un león.
Al cabalgar tus estepas, fuiste rey y gladiador;
también dominaste mares y monstruos que en
ellos habitan.
A pesar de lastimar mi tesoro más preciado, hoy
no te guardo rencor.
El tiempo ya te ha alcanzado,
tu barba se ha puesto blanca.
Niñez tierna, juventud bravía, vejez serena.
¡Hay un Padre y hacia él vamos!
¡Si un día enfrentaste enemigos con valor,
cuando cierres los ojos,
hacelo también con coraje.
Y acordate de un dicho humano:
¡TODOS LOS PERROS VAN AL CIELO!

Natalia comenzó a sumar más actividades a sus ya existentes obligaciones. Atendía una cancha de paddle y participaba en cuanto torneo se le presentaba; viajaba por el país, a los campeonatos nacionales. Esto no cambió mi amor hacia ella, pero sí la percepción y esa amalgama que siempre habíamos tenido.

Hubo cambios, sin duda, en cuanto a lo funcional de nuestras vidas. Yo cambié mi trabajo de bancario por asesor-productor de seguros y estaba más horas en el día ocupado. Bárbara asistía a una escuela ecológica llamada Gaia, que le brindó una hermosa educación y contención con doble turno de asistencia. Por las tardes, cuando salía de la escuela y luego de tomar su merienda conmigo, me acompañaba a la oficina, donde ella se entretenía haciendo las tareas que le daban en la escuela y escribiendo cuentitos en un cuaderno, o jugando en la computadora, hasta que regresábamos a nuestro hogar, a esperar que Natalia termine con sus clases y así cenar los tres juntos, que era el único momento en que compartíamos la mesa, con una comida de por medio.

En una oportunidad, yo tuve que viajar a la ciudad de Bariloche por una cuestión laboral y, al regreso, noté a Natalia por demás extraña y molesta, con reacciones temerarias y huidizas. Ella estaba recostada en la cama y yo le acerqué un mate como lo hacía más de una mañana; ella lo rechazó y no paraba de llorar, diciéndome que no sabía lo que pasaba en su interior y que su amor por mí lo direccionaba hacia un personaje de una fotografía. En realidad, mi confusión era mayúscula, y a pesar de todo lo vivido, los esfuerzos en común realizados, de haber compartido y acunado mil sueños y esperanzas, estaba con mi cabeza embotada y muy turbado, como si me hubiera pasado una locomotora por encima. La verdad era que no podía pensar ni hacer el más mínimo análisis de la situación. La sensación fue que me sacaban el piso donde estaba parado y comenzaba a caer en caída libre, sin final.

No sé cómo transcurrieron las horas siguientes de ese día; lo único que recuerdo es que por la noche tomé un colectivo rumbo a la ciudad de Buenos Aires, y con una pastilla, dormí toda la noche hasta llegar a destino.

Al arribar, me bajé con mi pequeño bolsito y fui donde un amigo que había vivido en mi ciudad, al cual desperté y me recibió de inmediato, diciéndome que Natalia ya lo había llamado y le había preguntado por la posibilidad de que yo me acercara hasta ahí, y que, de ser así, me comunicase inmediatamente con ella, que quería hablar, explicarme y recomenzar algo.

Con mi amigo Gabriel —Gaby, como le decimos—, nos tomamos creo más de tres pavas de mate, hasta que de a poco fui volviendo en mí, enjugué mis lágrimas y continuamos la conversación. Gaby, además de ser un ser humano de gran comprensión y bondad, tenía la particularidad de haber compartido innumerables vivencias con nosotros. Conocía a nuestra hija Bárbara, sacaba a pasear nuestros perros y, por supuesto, conocía muchísimo a Natalia.

Entonces, por el tenor de nuestra charla, y con la posibilidad de ver y dimensionar el problema desde otra óptica, me detuvo en mi relato y, como si hubiéramos encontrado una fórmula secreta o el número preciso de una combinación, me dijo:

—Negro, lo que Natalia padece es anorexia, y esto trae aparejada una disfunción en la relación con los seres queridos. Mirá, vamos a hacer una cosa. En un rato más, vamos hasta determinado lugar que yo tengo la dirección, que un amigo me dio, y vemos en qué nos pueden ayudar. ¿Dale?

Sin duda, le dije que sí; entonces me di una ducha para relajarme un poco y ya más tranquilo partimos con mi amigo hasta el lugar que él me había comentado. Tomamos un colectivo en la ciudad y nos dejó en la puerta de algo parecido a un gran centro de salud.

Se trataba de ALUBA (Asociación de Lucha contra la Bulimia y la Anorexia). Al ingresar al lugar, nos recibió una señora muy solícita que me preguntó cuál era el problema y quién era la persona en cuestión. Le dije que muy bien no sabía, pero que era mi querida esposa y, por supuesto, que la situación me entristecía y angustiaba muchísimo. Para calmar mi angustia y distraerme un poco, me comentó que ella tenía tres hijos, de los cuales dos habían enfermado de anorexia y bulimia, una mujer y un varón; que en cuestión porcentual, los varones son muchos menos.

Esta señora —Marta era su nombre— me ofreció folletos informativos relacionados con la patología y me comentó cosas comunes en cuanto al comportamiento de los pacientes.

Por ejemplo, me preguntó si Natalia se bañaba muchas veces por día y si lo hacía con agua muy caliente. Le dije que sí. Preguntó si subía los calefactores de la casa al máximo. También respondí que sí, porque así era. Preguntó si en verano pasaba horas tomando sol en horas peligrosas, donde calienta demasiado. Asentí. Preguntó si dormía arrolladita como un bebé y respondí afirmativamente, porque la veía junto a mí y, además, la acariciaba hasta que se dormía. También me dijo que seguramente se abrigaba en extremo para dormir, se le caía el pelo en forma notoria y usaba muchas cremas hidratantes para la resequedad de su piel. Por todo ese bombardeo de preguntas impactantes, a las que tuve que responder positivamente, porque era la verdad, me vi sacudido y casi acorralado. La interrumpí, diciéndole:

—Disculpe, señora, pero ¿usted conoce a mi Natalia?

Parecía que sí, puesto que me describía todo su comportamiento.

—¡No, muchacho! —me respondió—. No la conozco en lo personal, pero por mi trabajo y la relación con mis hijos, y todo el cúmulo de pacientes con los que a diario interactúo, lo único que estoy haciendo es mencionarte un *patrón* de conducta y cuestiones muy generales que todos realizan.

Quedé algún tiempo, no sé cuánto, en estado Alfa, con los ojos abiertos, pero sin poder mirar, y fue la primera vez que mi madre divina *Devi* se hizo presente sin estar yo durmiendo y en estado de vigilia para advertirme e indicarme cómo continuar, al tomar conocimiento de la verdad:

—*Reycito, Natalia no solo ha perdido su sonrisa, sino que su salud está deteriorada y te necesita más que nunca para que luches con ella, para ella y por ella. Pero una cosa has de saber que ni los médicos entienden: deberás separar la humana persona que es Natalia de su real ser. Lo que ha enfermado es su cuerpo, no su alma, porque es lo que hay perfecto en ella. El alma evoluciona, aprende. Víctima del miedo, ese gran temor ha ocupado su espacio interior y padece de ausencia de* AMOR. *Pero ten mucho cuidado, mi rey; deberás ser doblemente fuerte, porque en su interior se está realizando una lucha terrible a muerte de dos mentes: una que la quiere hacer vivir, que busca por todos los medios su paz y su felicidad; esa es la mente positiva, blanca; y la otra, una mente que intenta a cada rato hundirla en la miseria, arrastrarla a las fauces que la devorarán y luego escupirán, sin darle oportunidad de luchar, sumergiéndola en una noche eterna; esa es la mente negativa, negra. Tu misión, y por algo siempre nos ponen a nuestro lado a alguien con el cual podamos surgir y darle un sentido a nuestra existencia, es ayudarla a que crezca y, en esa lucha a muerte, gane la* mente positiva.

—*Madrecita, nada más te pregunto: ¿cómo y qué hago?*

Ella respondió:

—*ALIMENTÁ TODOS LOS DÍAS Y A CADA INSTANTE A QUIEN QUERÉS QUE TRIUNFE.*

Yo seguía parado allí, en medio de la sala, con los pies atornillados al piso y una señora hablándome. Gabriel se acercó y me dijo:

—Negro, ¿qué pasa?

—Nada —respondí—. Regresemos a tu casa. Creo que al menos he encontrado la punta del ovillo para empezar a tejer la red que contenga a Natalia.

De alguna forma me estaba cayendo la ficha. Los comportamientos y las actitudes hostiles de Natalia tenían ahora un sentido, sin ánimo de justificarla, y obedecían a algo.

—¿Qué vas a hacer? —me preguntó Gaby.

Fuimos a su departamento a comer algo y hablamos un poco más de nuestras vidas, mientras le manifesté que esa misma noche regresaría en colectivo a Viedma para readaptarnos a vivir como pudiéramos en nuestra pequeña familia.

Caminamos con mi fiel amigo hasta la terminal de ómnibus, saqué mi pasaje y, en el andén, nos despedimos, fundidos en un abrazo, sabiendo y sintiendo que siempre podríamos contar el uno con el otro, en la condición que fuera y sin condicionamientos, y pensé: "Dios quiera que en circunstancias felices y de abundancia".

Durante el viaje, a pesar de estar con el cuerpo muy cansado, no pude dormir ni descansar, mientras mi interior y mi chispeante cabecita trataban de acomodar, procesar toda la información recibida y archivarla en mi disco rígido de memoria RAM.

Al llegar por la mañana a mi casa, Bárbara ya estaba en la escuela y Natalia me recibió un tanto distante, pero no iba a realizarle ningún reproche, sobre todo porque yo era quien tenía que aprender a convivir con las dos Natalias: con su real ser y con la humana persona, o más aún, con las dos mentes, la positiva y la negativa, y hasta que no pudiera diferenciar cuál era la que se manifestaba en cada momento y en cada acción, no podía actuar en consecuencia.

Regresé a mi oficina a trabajar y ella se fue a hacer sus cosas, como siempre. Por la noche, luego de cenar, y cuando Bárbara se quedó dormida, nosotros compartimos un rico té bien calentito, mientras yo le masajeaba los piecitos, como usualmente lo hacía —siempre me dijo que mis masajes en sus pies, o *patitas*, como ella les decía, eran una de las cosas más placenteras de las que podía disfrutar; entonces, siempre que me lo permitía le regalaba esos instantes—, y antes de quedarse dormida, me confesó que sentía que en su interior algo estaba roto, que intentaba buscarse o trataba de encontrarse, y que si bien exteriormente parecía tener todo el control y ser íntegra, por dentro sentía no tener nada, y el estado de confusión era tan grande que su brújula había perdido su Norte.

Al menos, yo estaba aprendiendo a escuchar, y esto no era poca cosa, porque ¿cuánta gente muere a diario por no ser escuchada?

¡Vamos! Repasemos en el diario vivir y en la gran mayoría de las conversaciones, y más aún de las discusiones, las personas exponen su punto de vista, dicen lo que tienen para decir, y en un amplio porcentaje no nos importa lo que el otro tenga para expresar en relación a lo que siente.

Como muchas veces las palabras no son el vehículo más apropiado para expresar la dimensión del cariño, y así como acariciamos a un perro herido y alzamos a un bebé para que deje de llorar, movidos por nuestro instinto más visceral, entendía y sentía que aquellos masajes en las patitas eran de un inestimable valor terapéutico para Natalia, acariciando, tranquilizando y sedando su estado.

Desde las épocas más antiguas y hasta las técnicas más modernas de masaje y reflexología, nos enseñan que los puntos de fuga más grandes e intensos a nivel energético son la mirada y los extremos de las manos; es así como entendemos que la manifestación de alzar, acariciar y acunar a un bebé que ha estallado en llanto sea nuestra primera intención, estableciendo un canal de ida y vuelta entre la mano que acaricia y alivia con su energía, y el cuerpo que la recibe con total entrega. Y Natalia, para ir superando sus estados mentales de terror, necesitaba, sin duda, de la seguridad y de la tranquilidad que yo pudiera brindarle en relación a su inmenso sufrimiento de ausencias y esperas, y la duración de un tiempo sin límites.

Tal como hubiera sido bajar líneas del cielo y llevarlas a un papel transcribiendo un sentimiento, una imagen referida dentro de la quinta dimensión, donde allí desaparece el tiempo, porque reina la Eternidad, allí, en ese instante, mi alma de poeta, cuya inspiración era ese ser que luchaba por emerger de toda marea, arrancó de mi pluma, y con tinta de sangre le escribí este sentir:

A MI COMPAÑERA DEL ALMA DE TODA LA VIDA

¡Cómo no quererte, compañera!,
si siempre estuviste ahí,
cuando me fui, cuando volví,
aún cuando estuve ausente.

Si te dejo, no sé qué perdería,
pero sí sé que nada más ganaría,
aún teniéndolo todo.
Me acostumbré a tenerte y a quererte.
Que me arrancaría la lengua
antes de tener que preguntar,
pasado el tiempo, al encontrarte
en una calle cualquiera:
"¿Cómo te va, mi amor? ¿Eres feliz?
Nada más necesito que tenerte
para yo tener ganas y más fuerzas;
solo me hace falta que estés ahí, con tus ojos
claros.
Porque si de la unión nace la fuerza,
de nosotros dos: la luz.
Dame una razón de vivir
y te devolveré una ilusión.
Dame una imagen, una sonrisa, una mirada
y estaré a tu lado con una esperanza, un sueño y
un mañana…

Comencé a sentir y a experimentar esa hermosa sensación de dar y darle todo mi amor a Natalia, y todo lo que este generaba y producía. Fui viendo y experimentando una sensación incomparable de que este amor, cuanto más lo daba, más se regeneraba, y como una criatura con vida propia, ese amor cuidaba y velaba por nosotros.

Pasábamos buenos tiempos. Lo que sí, al principio me costaba mucho identificar en sus reacciones adversas y desplantes quién era la que actuaba y se manifestaba como un yo de una mente negativa.

Si acepto el sol, el calor y el arco iris, también tengo que aceptar el trueno, la tempestad y el rayo. *Yo te amaré para toda la eternidad, como te amaba mucho antes de verte por primera vez, y a esto yo llamo destino.*

Hay momentos en que sé que no existen las distancias entre aquellos que se aman. Cuando trabajo, me estás hablando, y cuando me siento a comer solo, tu presencia surge a mi lado. Solo Dios y yo sabemos lo que ocurre en mi corazón, o mejor dicho, solo Dios, yo y vos podemos saber lo que ocurre en mi corazón. Me gustaría abrirme el pecho, sacarlo de allí y cargarlo en mis manos para que todos pudieran verlo.

Nadie sabe demasiado bien cuál es la frontera entre el dolor y el placer. Muchas veces pienso que es imposible separarlos.

Es tanta la alegría que me das que llega a doler, y es tanto el dolor causado que llego a sonreír. No puedo planear nada importante, solamente pequeñas cosas. Quien planea lo que es importante todo lo transforma en pequeñas cosas. Y, por favor, no pienses que es tan fácil herir con facilidad a quien se ama. Una navaja de acero puede cortar mi carne, pero nunca una navaja de cera.

Las palabras y los gestos duros, lo único que harán es que yo tenga más cuidado al expresarte mis sentimientos.

A medida que pasan los años, no necesitás hablarme, ni siquiera sonreír; estar a tu lado me hace sentir un hombre completo.

¿Alguna vez te preguntaste CUÁNTA GENTE MUERE TODOS LOS DÍAS PORQUE NO ENCUENTRA A UNA PERSONA QUE LA AME?

Lo cierto es que desde que conocí a Natalia siempre había estado en tratamiento médico con psiquiatras, y esto de alguna manera comenzaba a cerrar el porqué de sus desórdenes. Una vez, cuando todavía éramos novios, me pidió si la podía acompañar a la ciudad vecina de Bahía Blanca, donde sus padres la llevaban a una visita al médico psiquiatra que la atendía, y hablando a solas en dicho viaje, me confesó que realmente no sabía por qué la llevaba su mamá. Todo parecía indicar una imposición más de las que siempre hicieron con ella.

Al primer terapeuta que conocí, porque él mismo me llamó para hablar de la salud y del entorno de ella, se llama Fernando, y aparte de parecerme un tipo bárbaro, me dijo que entre todos los componentes que ella tenía poseía lo que en psiquiatría se denomina personalidad histérica, que si bien tiene muchos significados en la terminología, estos no son fáciles de relacionar entre sí ni tampoco son de exclusividad contemporánea. En la antigua Grecia, su significación era *útero vagabundo*, y se la relacionaba con mujeres con dificultades maritales y frustración sexual, asociadas a síntomas físicos y mentales, en muy alto porcentaje, cuando hay, durante el crecimiento, *padres ausentes*.

Si bien parece como diabólicamente hábil, no le podemos atribuir a sus actos ninguna elaboración consciente, porque, además, es exquisitamente sensitiva e inversamente proporcional a su terrible inmadurez —y para mí ser maduro o adulto no tiene nada que ver con la cronología de la edad, sino directamente con hacerse cargo de sus actos, sean estos cuales fueren—.

Para poder seguir viviendo junto a Natalia y que sus actos no me arrastrasen ni involucrasen, sin salir indemne, comencé a verla y tratarla particionando su humanidad, como si fuera una máquina humana.

Muchas veces, hacía cosas o se imponía metas y actividades arremetiendo contra sí misma con una brutalidad inaudita, y ante la menor discrepancia en nuestros puntos de vista que le hacían creer a que aquello era una imposición o coartar su libertad, inmediatamente, con descomunal furia, desplegaba un estruendo de insultos y agresiones.

Decía, entonces, que al verla, analizarla y tratarla como una máquina humana, esto ayudó en la interrelación.

Entonces, digo que esta máquina humana no hace nada que no sea ordenado por su multiplicidad mental, basada en las actuaciones, dependiendo de las imágenes y estímulos que le lleguen del exterior a los distintos centros que componen el organismo humano.

Imaginamos que, como un muñeco, la máquina tiene vida, se enamora, habla, camina, etcétera, y puede cambiar de dueños a cada momento.

Así como si fuera un Sistema Solar en miniatura, la ciencia médica ha podido verificar que los siete y ocho sistemas del organismo humano están debidamente unidos y armonizados por el Sol del organismo, el corazón vivificante del cual depende la existencia del Microcosmos Hombre-Mujer, y cada sistema orgánico abarca el cuerpo entero y siempre en cada uno reina, soberana, una de las glándulas de secreción interna. Realmente, estas maravillosas glándulas son microlaboratorios colocados en lugares específicos, en calidad de reguladores y transformadores de las energías vitales producidas por la máquina humana.

El organismo humano posee siete glándulas superiores y tres controles nerviosos; estos centros son: el intelectual, situado en el cerebro; el motor, que se halla en la parte superior de la espina dorsal; el emocional, entre el plexo solar y los centros específicos nerviosos del gran simpático; el instintivo, en la parte inferior de la espina dorsal; el sexual, en los órganos creadores; el emocional superior, en el corazón; y el mental superior, en el cerebro.

Cuando la cuestión egoica toma el dominio de los centros inferiores del hombre, llega a convertirlo en máquina humana.

Entre los diferentes centros de esta llamada máquina humana existen diversas velocidades de reacción, lo que nos aclara reacciones distintas. Los centros motor e instintivo son treinta mil veces más rápidos que el intelectual. El emocional, cuando trabaja a la velocidad que le es propia, es treinta mil veces más rápido que el motor y el instintivo. El más rápido de todos es el sexual. Los diversos centros tienen su tiempo, completamente distinto. La velocidad de los centros implica un gran número de fenómenos bien conocidos que la ciencia ordinaria común y corriente no puede explicar. Basta recordar la asombrosa velocidad de ciertos procesos psicológicos, fisiológicos y mentales. La humanidad está acostumbrada al gasto de energía en emociones negativas cuando se identifica con ellas, en películas de terror, de miedo, y las emociones desagradables, tales como el aburrimiento, los celos, la envidia, la cólera, la irritabilidad, el miedo, que son totalmente negativas. Lo que es agradable para una persona puede ser desagradable para otra, y en la mente humana existe todo un juego de acciones y reacciones que deben ser cuidadosamente comprendidas.

Por eso, no debemos identificarnos con el evento exterior. Cometemos el error de olvidarnos de nosotros mismos e identificarnos con el mundo de los sentidos. Las emociones negativas son el resultado de las impresiones no transformadas, debido a la ausencia del estado de *conciencia*. Se dice que somos lo que comemos, pero nuestros alimentos al cuerpo físico y bioplasmático son de tres órdenes: primero, el oxígeno, sin el cual no podemos durar más que escasos minutos, y nutre hasta el núcleo de las células; segundo, el alimento físico, que sabemos —aunque muy a menudo no se practica— tiene que ser de la mejor calidad y debe ser proporcionado en tiempo y forma para que se mantenga un funcionamiento óptimo y un balance de nitrógeno positivo; tercero, y el tercer alimento que nutre el cuerpo y el alma, son las impresiones que llegan a nuestro organismo a través de nuestros sentidos. Por eso es tan importante lo que escuchamos —oído—, los buenos y nobles sonidos, ya sean de la naturaleza o buena y excelente música, ya que nos transportarán a estados más elevados, alegres, placenteros y felices. Por el gusto, ya he dicho que hay que educarlo e ingerir buenos y nutritivos alimentos, y comer no solo lo que un capricho quiera, sino lo que el cuerpo realmente necesita, y cada uno es el único que puede proporcionárselo. El olfato también nos impresiona en forma negativa o positiva; es decir, agradable o desagradablemente; es por ello que las flores, ese regalo de la madre naturaleza, que representan las virtudes humanas, nos regalan sus aromas sin que se los pidamos, o los olores de cuando procesamos nuestros alimentos, que nos dan ganas de disfrutarlos, además de los perfumes y las esencias que también provocan estados inefables, como los afrodisíacos. Así que debemos vivir con pulcritud y envueltos en aromas bellos, alegres y seductores. La vista es otro sentido que debemos tratar por todos los medios que nos proporcione las imágenes más agradables para que nuestro estado de vibración siempre esté elevado. Entonces, decoremos nuestros hogares con imágenes bellas, coloridas y alegres. Siempre hay algo que está a nuestro alcance y la posibilidad de embellecer nuestro entorno. Y sino, siempre podemos dar un paseo por entornos naturales que nos van a extasiar y aportar vibraciones positivas y coloridas. Y por último, les debo mencionar el sentido del tacto, que podemos tocar para dar, recibir e irradiar toda nuestra mejor energía. Es por eso que siempre que Natalia me lo permitía, le ofrecía mis masajes, que calmaban sus estados mentales de angustia. Siempre caricias y abrazos de *oso* interminables.

En relación a todo el volcán que Natalia provocaba en los sentimientos que más de una vez me hizo sentir, como la tremenda mujer que era, provocaba que aflorase en mí el amante más perfecto que una dama pueda querer tener. Le había propuesto un fin de semana en una playa cercana, en un hotel casino, donde paseamos, cenamos románticamente, disfrutamos de un espectáculo en el teatro del casino, y ya de madrugada nos fuimos a descansar hasta el otro día, pero al irnos a la cama, sabiendo ambos que íbamos a gozar de momentos íntimos y tiernos, mientras ella me buscaba, otra vez brotó mi tinta vital y esto sentí plasmar en ese instante:

M..., PERDÓN POR MIS SENTIDOS

Cuando mis manos recorren
palmo a palmo tu figura,
cuando escucho tus latidos como un niño
que calman mi temor de madrugada,
cuando huelo lo más íntimo de tu ser,
cuando mis labios besan en tu cuerpo todo lo
que besan
y cuando mi mirada te contempla avanzando
hacia este lecho
y a tu paso te desnuda.

No son mis manos que te tocan
ni mis ojos que te adoran,
ni aun mi boca
que te besa en infinito.

Son todos mis sentidos
que se funden en uno solo,
tratando de sentir
la magnífica vibración de tu ser.

Y es mi ser que busca el tuyo,
respirando y contemplando,
acariciando y besando,
sintiendo en azul profundo
tu esencia,
tu esencia de mujer.

Creo que íbamos por bastante buen camino en la salud y en
ell tratamiento de Natalia, y digo tratamiento por la forma de

tratarla. No era algo armado por profesionales, sino desde el cariño y el amor que me nacía.

Es muy curioso ver y escuchar a la gente a diario sobre cómo se enferma o hace de sus enfermedades o dolencias su carta de presentación, no solo identificándose con ellas, sino sintiéndose el centro de estas. ¿Escucharon alguna vez decir, por ejemplo: "Soy fulano de tal, hipertenso"? Como si la dolencia de la hipertensión estuviera en su ser y sin la cual le fuese imposible ser. Es que, sin darse cuenta, en forma inconsciente, han sido preparados para enfermarse por todas las conductas sociales nocivas, y como no saben pedir amor o simplemente ser merecedores de él por derecho inherente al ser humano, entonces sus enfermedades y dolencias son, sin duda, algunas de las *muletas* que les sirven de vehículo para relacionarse. Cuando el cuerpo nos habla a través de una dolencia o una enfermedad cualquiera, lo hace para que tomemos conciencia de que nuestra forma de pensar no nos beneficia. Esta forma de pensar y obrar *sin conciencia* es perjudicial para nuestro ser, y es ahí cuando aparece el desequilibrio, para decirnos que ha llegado el momento de cambiar esa forma de pensar que no nos favorece. Y, sin duda, nos marca que hemos llegado al límite de nuestras energías *físicas, mentales* y *emocionales*.

Hay que verlo de esta forma: la enfermedad es un regalo para que nuestro ser recupere su equilibrio; de hecho, el cuerpo físico no es la causa de la enfermedad; la afección entra en primera instancia por el cuerpo bioplasmático —aura— y luego va a alojarse en el cuerpo físico, siempre obedeciendo a reflejos de lo que sucede en nuestro interior, provenientes del alma y del espíritu, que lo mantienen vivo, y pasa cuando se desequilibran los cuerpos mental y emocional.

Siempre nos va a dar más de una señal de alerta, en busca de restablecer su equilibrio, ¡porque el estado natural del cuerpo es la *salud*!

La angustia no se pasa comiendo chocolate o mirando una película; solo desaparece cuando entras en tu interior, te aceptas como eres y te reconcilias contigo mismo. La angustia proviene de que no somos lo que queremos ser, pero tampoco lo que somos; entonces estamos en el *debería ser* y no somos ni lo uno, ni lo otro.

¡SOMOS CREADORES!

Así que la mejor forma de prevenir la enfermedad es creando salud, porque si creamos salud no tendremos ni que prevenir la enfermedad, ni que atacarla, porque *seremos salud*, y si la enfermedad aparece, hay que aceptarla y reconocerla, pues no se puede cambiar ni transformar lo que no se conoce.

Siempre hay dos formas de ver las cosas, o existen en todos dos formas de ver la vida. Una es pensar que no existen los milagros y otra es que todo es un milagro —la decisión la toma cada cual—.

Por todos los medios, siempre trataba de alcanzarle a Natalia herramientas para poder luchar con su dolencia o adicción —que, según la psiquiatría, a-dicto significa *lo no dicho*, seguramente a tiempo, pero había una acepción aún más tajante y descriptiva que usaban los antiguos griegos, y es *esclavitud*—, y a ella yo muchas veces la encontraba esclava o presa de sus temores.

Y le dije que pueden darte cualquier medicación o remedio indicado, pero en esto de seguir viviendo y evolucionando *no hay nada ni nadie que reemplace la voluntad humana.*

Y nos conocíamos tanto que en su mirada advertía que otra persona miraba desde su interior, sabiendo quién era el que tomaba las decisiones. Ella me planteaba siempre, en cada conversación, la incapacidad de los demás para comprenderla, y a pesar de que se había convertido en una mentirosa hecha y derecha, siempre era extremadamente sensible a la hipocresía del prójimo, con un miedo paranoico a la humillación y a la traición, pero siempre desde su percepción del mundo. Y yo sabía que si bien su curación biológica era posible, alcanzar la liberación del deseo de sufrimiento en ese ser encarcelado en su laberinto obsceno y truculento seguiría siendo un destino incierto y espinoso.

Cada vez que ella me decía que nunca iba a estar curada y que en algún punto se iba a dejar vencer, yo sentía que tenía que hacerme más gigante que su fantasma para poder terminar con él, y me salía pensar: *"Anorexia: maldita enfermedad con nombre de mujer. Te voy a seducir y a fagocitar para que entres en mí, y así matarte conmigo"*.

Por todo el entrenamiento de vivencias junto a Natalia y sus episodios, yo estaba acostumbrado a vivir en estado de alerta y percepción; también lo estaba nuestra hija Bárbara, que había crecido con total normalidad, a Dios gracias, y aceptándonos como éramos: simplemente, sus padres.

Un día cualquiera, en horas del mediodía, ya habíamos almorzado con mi hija y esperaba para llevarla al colegio, donde tenía su segunda jornada de clases. Natalia salió como pudo del baño, semidesnuda, con su ropa a medio subir, y pidiendo con desesperados gritos auxilio, con la poca voz que le salía. Llegó al pasillo de la casa y me gritó:

—¡Joe! No sé lo que me pasa, no me puedo mover. Siento como un calambre en todo el cuerpo.

En efecto, al verla, parecía una persona espástica, inmovilizada, con los dedos de las manos entreabiertos, las piernas rígidas, los ojos desorbitados, con sus pupilas tan dilatadas que hacían desaparecer el celeste cielo que siempre tenían, y solo se percibía un círculo negro. Su pared abdominal, rígida como una roca, y dos secas y blancas lágrimas mojaban sus pálidas mejillas.

Sin dudar, tan rápido como pude, pero consciente de todo el cuadro, entré en acción. Le dije a Barby:

—Papá va a llevar a mamá a la clínica. No sé lo que vamos a tardar. No te preocupes.

Nuestra nena siempre fue tan natural para aceptar las impresiones de la vida que aún hoy me sigue sorprendiendo. Me miró y me dijo:

—Andá tranquilo, papá. Yo me quedo con los animalitos de la casa.

La cargué en el auto y en el corto trayecto la contemplaba, y ella solo lloraba, y me dijo que no sabía qué le había pasado, que había sido un estertor repentino.

Al bajarla en la clínica médica, cargándola en mis brazos, tuve que abrir las puertas de una patada y, raudamente, la llevé hasta la sala de guardia y la recosté en la camilla, donde el médico de turno —un viejo conocido nuestro— la atendió enseguida.

No pasó mucho tiempo. El doctor le normalizó la presión con una medicación, un suero para recuperar fluidos, y en un par de horitas parecía estar bien, o al menos compensadas sus funciones vitales.

Yo me había quedado a su lado, en la camilla, sosteniéndole su manito, como siempre lo hacía, y contemplándola. Quizá debido a mi inefable imaginación y poderosa capacidad de ver más allá de lo físico, imaginaba y veía en su interior la terrible y descarnada lucha que a diario libraban esos dos lobos que habitaban su interior, un lobo blanco y un lobo negro, y hasta el momento sabíamos cuál estaba llevando la mejor parte, o al menos su mente *ilógica*, a la que estaba dando más alimento.

Regresamos a la casa por la tarde. Ella parecía muy extenuada, como si acabase de terminar una maratón. Por la noche, preparé la cena, comimos muy tranquilos los tres en familia y luego de hacer poca referencia a lo sucedido, usando más el lenguaje de las miradas que las palabras, nos fuimos todos a descansar. El día había sido particularmente fuerte en sensaciones. A ella le costó conciliar el sueño. Aferrándose a mi mano, me dijo que tenía mucho miedo y que no la soltase, y me quedé a su lado.

Dejé una luz tenue para poder cerrar los ojos y, recostado a su lado, me quedé también dormido.

> Volvió a corporizarse la presencia de mi
> Divina Madre interior, la cual me acercó
> una inmensa espada de plata reluciente con
> un pentagrama estrellado grabado en su
> empuñadura, y adelantando sus dos manos,
> me la ofreció, diciendo:
> —Hijo, esto es para que luches, prosigas
> tu lucha y no desfallezcas nunca. Recibe
> entonces mi bendición con un beso en la
> frente.

Yo, con el fuego en mi corazón y la luz que salía de mi espada, dije:

—¡Dios salve a mi Reina!

> *Sucedió mientras dormías*
> *cuando ella vino por ti.*
> *Vestía un antifaz negro,*
> *burla en su gesto*
> *y frío en las manos.*
>
> *Quiso contarte un cuento,*
> *engañando a tu figura,*
> *y al opacar tu brillo,*
> *llevarte a vivir consigo.*
>
> *¡Error que transitan todos!*
> *Se olvidó de mi luz contigo,*
> *y en esa feroz mordida,*

le cambié sangre por tinta.

No logró llevarse un alma,
apenas tan solo un cuerpo,
como es la reseca muerte,
cobarde detrás del velo.

Cambió tu cáliz de niña
por la sangre de un guerrero.

Ya no tengo frío en los huesos.
Desde aquí te veo limpia.
Aunque sé que no sonríes,
no vencí ni fui vencido.
Alma por alma se vale.
Solo me resta esperarte,
dormido en mi blanca nube,
sabiendo que aún ¡te amo!

Seguían pasando los días y las pocas técnicas que usábamos de apoyo para Natalia, o la ayuda que podían brindarle los ocasionales terapeutas, era insuficiente, ya que la mayoría del tiempo, obviamente, ella se encontraba sola con sus tareas y en el seno de nuestra familia, por la fuerza del cariño, hacía las cosas un poco a su antojo, tratándonos de convencer de que lo que ella hacía estaba bien.

Creo que cuando uno le explicaba que ella debía identificar el momento del evento negativo para frenarlo y así congelarlo y sacarlo de raíz para analizarlo y erradicarlo, parecía entender todo muy bien, y así lo manifestaba, pero cuando las cosas pasaban de verdad, perdía repentinamente el control, atacando, creo, a lo que más quería, o al menos lo que más a mano tenía o con quien más confianza poseía, que era yo, y ahí se me venía una avalancha de insultos y hasta de golpes que yo amortiguaba y frenaba de la manera más *soft* posible.

Creo que, en rigor de la verdad, nunca supo comprender la *pluralidad* de la personalidad. Y es que la mente humana puesta al servicio del ser resulta magnífica, pero cuando opera por sí sola y se dispara con asaltos y cortocircuitos, los resultados pueden ser nefastos.

Creerse *uno*, ciertamente, es una broma de muy mal gusto. Desafortunadamente, esa vana ilusión existe dentro de cada uno de nosotros. Por desgracia, siempre pensamos de nosotros mismos lo mejor, pero jamás se nos ocurre comprender que ni siquiera poseemos individualidad verdadera.

Lo peor del caso es que hasta nos damos el falso lujo de suponer que cada uno de nosotros goza de plena conciencia y voluntad propia. ¡Pobres de nosotros! ¡Cuán necios somos! No hay duda de que la ignorancia es la peor de las desgracias.

Dentro de cada uno de nosotros existen miles de individuos diferentes, sujetos distintos, yoes o gentes que riñen entre sí, que se pelean por la supremacía y que no tienen orden o concordancia alguna.

Si fuéramos conscientes, si despertáramos conciencia, ¡cuán distinta sería la vida!

Si tuviéramos verdadera individualidad, si poseyéramos una unidad en vez de una multiplicidad, tendríamos también continuidad de propósito, conciencia despierta y voluntad particular, individual.

Y es que entre esas dos mentes —positiva y negativa—, y muchas más a veces, se desata un diálogo interior que no podemos parar y nos hace cambiar el rumbo elegido a cada momento, y produce desastres.

Resulta urgente, impostergable, observar la conversación interior y el lugar preciso de dónde proviene.

Indudablemente, la charla interior equivocada es la causa de muchos estados psíquicos inarmónicos y desagradables en el presente y en el futuro.

Es una empresa ardua y difícil el *vaciar la mente* y ponerla en blanco. A veces se aprende a callar exteriormente, pero interiormente se realiza una conversación que se agiganta y no puede detenerse. Es muy común que alguien, refiriéndose a esto, te manifieste: "No puedo parar la calesita".

Volvemos al punto más fuerte que debemos de jugar: ese As en la manga que es la *voluntad humana*. Está escrito en las Sagradas Escrituras que Moisés fue el hombre que liberó el poder eléctrico de la Voluntad, y poseía el don de los prodigios, como divino y humano.

Yo siempre le hablaba a Natalia de que debía liberar su voluntad como quien libera a un esclavo, porque sino solo estamos sujetos a tres clases de actos: primero, aquellos que corresponden a la *ley de accidentes*; segundo, los que pertenecen a la *ley de recurrencia*, que son los hechos repetidos en cada existencia; y tercero, las acciones determinadas intencionalmente por la *voluntad consciente*. Y es que los especialistas solo teorizan cuando al paciente le hablan —tratando de restarle importancia al problema— de mente lógica y de mente ilógica, o síndromes de negatividad, y lo único que saben los médicos es de establecer meras estadísticas y cuestiones aleatorias sin experiencias ni siquiera propias.

Natalia me decía —y en este ejemplo me quedó más que claro—:

—Para que vos me entiendas… Yo miro la luz del semáforo y sé, sin duda, que es verde, pero algo de adentro me dice que es rojo, ¿entendés? Por eso digo que se me hace demasiado difícil a cada rato develar la verdad, y vuelvo a decir que *no puedo con esto*, ¡y es ahí cuando el enojo se apodera de mí y te maldigo solo por estar a mi lado, hombre!

—No te aflijas, corazoncito cansado —le dije, y le expresé a su ser un brote de mi alma:

Mi reina, no necesito para amarte hasta el final de los tiempos
vuestro permiso.
Como de alma soy gitano, solo lo tomo.
Si en tu reino no hay lugar
para mi alma noble y clara
de guerrero de luna y plata,
podré amarte por siempre, pero solo hasta saber
si mi amor TE CURA O TE MATA.
Entonces, cuando el sol salga,
emprenderé mi camino,
buscando donde el sol nace
y muere, allá en nuestro mar.
Y entonces será mi historia de camino y soledades;
será la historia del hombre,
la que espera con paciencia
el triunfo del hombre insultado.

Nunca me pesó estar al lado de Natalia ni de su amor, porque siempre acepté y comprendí eso llamado destino; entonces, de alguna forma, me sentía un *mago*, convirtiendo la tristeza en alegría, y las noches que pasábamos de madrugadas y lágrimas calientes sobre la almohada, y a veces un vacío silencioso que nos envolvía a gritos. Creo que solo tengo agradecimiento hacia lo vivenciado, porque, como el mejor acero, aquello forjó mi alma y mi espíritu de una forma inusitada, y, a la vez, que ayudó a matar uno a uno mis defectos y mis miserias humanas. Ese temple fue elevando mi luz y mi vibración, haciendo resaltar mis virtudes tanto como era posible.

Todos los familiares y amigos se inmiscuían a la hora de opinar y decían que ella debía estar internada para su tratamiento y curación; que me iba a arrastrar al mismo lado de la enfermedad, junto con nuestra querida hija, Bárbara.

Pensaban que el accionar de mi alma estaba dando manotazos de ahogado y, por lo bajo, sé que se reían de mi pena enmascarada, pero yo estaba dispuesto, en compañía de mi Divina Madre *Devi*, que siempre me acompañaba en la cuarta dimensión con su amor incondicional, que me contagiaba y me hacía enfrentar las tormentas más duras. Por eso, yo decía:

No finjan a mis espaldas

Los lobos desgarran mi carne.
Solo Dios me da la vida.
Si de mí lo exigen todo,
quizá nunca obtengan nada.
Si en este punto me traiciona la razón y me
domina el corazón,
no quiero que mi serenidad de hoy
se vuelva locura mañana.
Amo hasta el final de los tiempos
y siempre cumplo lo que digo.

Hoy, en este mar de sangre
que baña las costas de mi abandono,
aunque me duela hasta el aliento,
JURO:
NO VUELVO A ABRIR LA PUERTA
DETRÁS DE LA CUAL YA NO ME ESPERAS.

Se me ocurría pensar si las situaciones tangibles se forjaban primero en nuestras mentes o si las imágenes teleoginoras que experimentamos en el campo de nuestro pensamiento son atraídas de verdad por esas situaciones.

Lo real es que todo debe estar en perfecta armonía, pero en perpetuo movimiento, porque rigidez y estatismo significan muerte, sin vida, sin ánimus; es así la mente que se abre a una nueva idea: jamás volverá a su tamaño original. Y el ser humano no se da cuenta de que lo único que le trastocan es el entorno y las formas en cuanto a imponer modismos de valores sociales, cuando la esencia sigue siendo la misma o, lo que es peor, continúa embotellada en su interior, sin que se le permita aflorar y desarrollarse sin miedos.

En épocas antiguas, el miedo y el terror impuestos para poder lograr la dominación del otro venían por penitencias y ascetismo; se imponían ayunos y abstinencias destinadas a un supuesto Dios y los sacrificios por él impuestos para arribar a la salvación de las almas.

Generalmente, esto sucede cuando no se establece en nuestras vidas, por nuestra parte, el control de estas y se cede a alguien o a algo, a quien se le ha otorgado carta blanca para que, desde afuera, con absurdas *normas*, o en el caso de inventadas Iglesias y congregaciones, desarrollen una exégesis farisaica.

También con fantoches políticos y macarras de la moral es muy común ver la repetida escena en una disco, donde a los chicos se les ofrece alcohol y droga a discreción, arengándolos a gritar: "¡Descontrol! ¡Descontrol! ¡Descontrol!" para que, en teoría, se diviertan.

¡Oíme!¡ Pibe, piba, con todo el amor que te tengo, cuando alguien te dice *descontrol* te está diciendo que pierdas conciencia y que cedas el mando, y cuando esto sucede, el mando y el control sobre tu vida los tienen ellos, ¡los que venden droga y comen mierda!

Hoy, a aquellas penitencias y ascetismo los reemplaza, en esta enferma de muerte sociedad hipócrita, una substitución de ayunos en términos anoréxicos y bulímicos, en función de una belleza corporal que nadie sabe muy bien de sus parámetros.

Sin importar la calidad muscular y funcional, aquellos que, sin duda, tampoco lo tienen —basta solo mirarlos y su único fin es lucrar con el hambre, las miserias y los despojos humanos que proponen con modas tan fugaces como veloces, aportando infelicidad y confusión a este infierno— proponen poseer un cuerpo delgado e imagen flaca como condición sine qua non para la felicidad terrenal posible.

Así, en su mayoría las chicas —no solo por dietas insuficientes, sino también por el bombardeo descarnado a sus cerebros de falsa información saludable y cataratas de artículos consumistas y parafernalia de fetiches sexuales placenteros y efímeros— se han quedado sin defensas intelectuales ni elementos para establecer argumentos críticos.

Son entonces invadidas por el terror de la propia sociedad en la cual sus vidas se desarrollan o intentan hacerlo.

Lo único que acompaña sus escuálidas vidas y alterados funcionamientos glandulares son el *miedo*, la *obsesión* y *rituales* casi macabros.

Pero voy más a lo profundo de estas mentes y esas almas en su intento supremo de rescate, y no es solamente la delgadez que a ellos les venden lo que ansían lograr y obtener, ¡no! Más en lo profundo, lo que estos cuerpos, estas almas y estos seres buscan, contrariando toda la putrefacción de este mundo y las carcomidas mentes, es *UN MUNDO MÁS LIMPIO Y SIN DESPERDICIO DE VANIDADES HUMANAS.*

En una tarde que fuimos con Natalia a tomar sol al río y compartir unos ricos mates, con una amena charla, conversábamos tranquilamente, mientras escuchábamos el agua del río correr con su sonido armonizador. Yo le había pasado crema bronceadora en su espaldita —ella siempre que íbamos a la playa me decía: "¿Me pasás pomada?"— y le cebaba mates, disfrutando de la naturaleza.

En determinado momento de nuestra conversación, como casi siempre, comenzamos a hablar de su salud —siempre con un aporte constructivo—. Fue entonces cuando ella me dijo:

—¿Sabés qué pasa, Joe? No creo que me pueda llegar a curar nunca en forma definitiva, porque no logro separar la conducta de la consecuencia. Por ejemplo, un drogadicto va a comprar su droga al proveedor habitual, que es un *dealer*. El adicto a la comida, es decir, el gordo, el obeso, tiene que salir a comprar su comida o entrar en la rotisería, pastelería o panadería para estimularse, comprarse todo lo que se le antoja, y luego comérselo o darse el atracón. El drogadicto, a veces, hasta delinque para obtener el dinero que después convertirá en droga y, posteriormente, en satisfacción al servicio de esa mente negativa que ha tomado el control de la situación. ¡Yo no! Mi amor, por una alteración de funcionamiento o lo que fuera, el dominio de las acciones o los propios disparadores los tengo dentro de mí y puedo decidir antojadizamente cuándo *no comer*, llegando a la inanición si es necesario, o cuándo *vomitar*, expulsando así toda la basura que ha entrado en mi cuerpo, y diciéndole a esta mierda de sociedad con un escupitajo en la cara que se está olvidando del amor..., lo está perdiendo.

Y, para mi asombro y perplejidad, me recitó textualmente este pasaje, mientras sus ojos no paraban de manar blancos ríos de lágrimas secas:

—*No se puede de un día para el otro desconocer el hambre, no necesitar más nada, ¡es falso! Es un entrenamiento, una meta, ya no ser como todos los demás; ya no ser esclavo de una exigencia material; ya no sentir ese lleno en el medio del vientre ni esa falsa alegría que ellos experimentan cuando el demonio del hambre los tironea. Tengo la impresión de que esta regla lleva hacia otro mundo, LÍMPIDO, SIN DESPERDICIOS, SIN INMUNDICIAS, DONDE NADIE SE MATA, PORQUE ALLÍ NADIE COME.*

Siempre que íbamos a disfrutar de los nutritivos rayos del sol, fuese en el río o en el mar, ella se quedaba dormida, esperando, aparte de la caricia de ese Astro Rey, los mimos y atenciones que yo le proporcionaba, caricias, masajes, mates y hasta me aceptaba algo rico que yo siempre llevaba para convidarle. Siempre que yo preparaba el mate, se incorporaba de su sillita de playa y me decía con la única sonrisa que quizá vería en todo el día:

—¿Ya es la hora?

—Sí —respondía con un movimiento de cabeza.

Y no podía dejar de pensar y menos de sentir si la que disfrutaba de aquello era la gobernada por la mente lógica o ilógica, y si en algún punto se unirían, o ¿quién puede medir a ciencia cierta lo bien o mal que está una mente en función del daño que se ocasiona a sí misma? Porque, ¡vamos!, también una mente toda lógica es como un cuchillo todo hoja y va a terminar lastimando la mano del que lo empuña, ¿no?

Igual, mi contención y mi ternura eran infinitas, producto del amor que los astros o el universo había puesto en nuestras vidas. Y no importaba el estado en que Natalia se encontraba, siempre, siempre era una fuente inagotable de inspiración para mi lucha por ese amor que siempre brilló y arrancaba lo mejor de mi alma de payaso, que hacía para ella lo mejor en cada *función*:

No saben que tu alma anda mal,
pero el que la arregla no atiende hasta otra
vida.
Te llaman la loca del mar
porque en cada atardecer
buscas en el barco que llega
que atraque en tu pequeño puerto
la ternura de aquel amor.
La vida no te devuelve
lo que ayer tiraste al mar.

Se diluye tu figura,
se emblanquecen tus cabellos
y se nubla tu mirada con infinita tristeza.
Quizás una ola nueva
en una playa lejana
te devuelva la sonrisa
que te robaron de niña.

A pesar de que le resto importancia a la cronología, por tener una memoria prodigiosa recuerdo muy patente y en forma fotográfica las sensaciones de lo vivido.

Corría el mes de diciembre de 2004 y Natalia me despertó una mañana con un grito desgarrador. Su gesto era de tremendo dolor. Sus dos manos estaban sobre su estómago, no podía moverse y respiraba con mucha dificultad. Como era cerca de fin de año y, además, era fin de semana, no había muchos médicos en el pueblo, así que llamé a un doctor amigo, que, a pesar de estar a punto de salir a pescar, hizo el favor de venir a verla de inmediato.

El doctor Claudio, al verla y analizar el cuadro, determinó su inmediata internación; entonces, él mismo llamó al sanatorio e hizo la reserva de la cama.

Como pude, subí a Natalia al automóvil para llevarla a su internación; lo único que ella atinó a llevar fue un pijamas muy colorido que tenía y un cepillo de dientes.

Llegamos al sanatorio, le asignaron la habitación 108 y la ayudé a instalarse hasta que pasó el médico a revisarla y dar el primer parte médico, que, a decir verdad, no era muy esclarecedor, pero al estar tranquila, monitoreada y, sobre todo, medicada, había entrado en un estado mucho más calmo y receptivo.

Bárbara se había quedado en la casa de una amiga con la que siempre compartían tiempo desde pequeñas hasta que nosotros viéramos cómo continuaba el desarrollo de todo aquello.

Yo me instalé a su lado, haciéndole compañía y asistiéndola en todo lo que me pedía, incluso controlando el líquido del suero y haciéndole de nexo con las enfermeras.

Por la noche, luego de que pude comer algo, me acomodé a su lado y con un beso en su frente, como siempre la despedía cada vez que nos íbamos a dormir, le dije:

—Hasta mañana, mi amor. ¡Que descanses!

Y nos quedamos dormidos, con la puerta de la habitación que daba al pasillo entreabierta y la televisión prendida. Apenas de madrugada, me despertó algo y llevé mi mirada hacia el televisor que había quedado encendido, con el volumen bajo. Era muy raro lo que estaba viendo y me costaba entender y concentrarme; no lograba llegar a saber si aquello era un sueño. Me hallaba en el mundo astral, en esa cuarta coordenada o sucedía en algún lugar lo que yo estaba viendo en la pantalla del televisor.

Dantesco espectáculo el que proporcionaba a mis retinas el canal de televisión: se trataba de un accidente de características únicas. Era un incendio que se había suscitado en medio de un recital de música, en un boliche de Capital Federal, llamado República Cromañón. Conclusión: doscientos muertos por asfixia y quemados. ¿Cuál era la relación que había entre todos aquellos cuerpos inertes y mi Natalia, que se hallaba inmóvil en esa cama —si es que había alguna asociación—? Solo veía muñecos que iban sacando de a uno y eran dejados en la calle.

Le pregunté a mi madre divina:

—*¿Quién maneja los hilos de todos los seres que muchas veces parecen títeres, formando parte de una obra montada? ¿Por qué los desconectan, a veces sin sentido, o al menos que escapa a nuestra comprensión? ¿Y por qué y quién permite que mueras o duermas, y despiertes nuevamente?*

Su única respuesta, con esa luz infinita saliendo entre sus ojos, fue:

—*No mires nunca hacia atrás al subir en la espiral de la vida.*

Igual, me costaba saber dónde estaba ubicado al ver aquello y pensar que no solo era un número de cuerpos sin vida lo que estaba viendo, sino que, detrás de cada uno, a los cuales el reloj de la vida se les había detenido en etapas diferentes, había historias, familias, amores, esperanzas y sueños que de golpe fueron truncados. Y mientras iba haciéndome consciente de mi cuerpo físico y con la manito de Natalia en mi mano, escuchaba su respiración un tanto forzada, y el solo imaginar que ella pudiera llegar a desaparecer o simplemente no estar me provocaba un sentimiento de pena infinita que sentía de esta forma:

Me desperté en prisión:
las manos cargadas con cadenas
y mi nostalgia siempre crece y crece,
¡y tu libertad me has sido arrebatada!

Bajo el cielo azul, en vano,
me consumo en prisión.
Los barrotes fríos y duros
insultan mi nostalgia.

En el borde de la inexistencia,
la rebelión me cuestiona la diferencia
fundamental
entre deseo y necesidad,
orden y desorden,
vida y supervivencia.

¡Hoy duele esta libertad
de no estar contigo, andando!
¡Dolor que llega a los huesos!
¡Cuanto más libre, más preso!

Ella me decía que me consideraba un loco suelto en su locura, y las pocas noches que no habíamos pasado juntos se me habían hecho muy largas y sin sueños.

Alguna vez que habíamos hablado y una de sus dos mentes planteaba alguna duda sobre nuestro amor en cualquiera de sus formas, alimentando otra efigie o a quien fuera, yo le decía siempre que en la balanza pesa más todo ese amor gestado que cualquier otra empresa a realizar, y le manifestaba que *nada tiene precio, pero sí tamaño. Por la inmensidad de tu amor, mato hasta el fantasma de mis sueños y ahogo hasta el más grande, aquel de la libertad. No sé dónde dejaré mi último beso, pero sí sé que el primero lo dejé en tu boca, temblando como un niño cuando te deseaba y te besaba.*

Qué loco todo esto, ¿no? Como pedirle a alguien que ponga voluntad cuando es lo que le falta, de lo que carece. ¿Cómo ha de hacerse para que extraiga de entre sus fibras más íntimas esa voluntad para domar el fantasma de la mente? Parecía que todo el amor puesto no era suficiente. La voluntad es algo único, casi siempre asociado al *coraje*.

¡CORAJE!

> *Que tenga tu vida coraje*
> *de besar con ganas a quien ames,*
> *coraje de abrir los ojos*
> *y cuando vayas a la mar*
> *respires oxígeno y sal,*
> *y no la mierda del mal.*
> *Coraje de atropellar*
> *y aún coraje de matar*
> *a quien te ame y no ames.*
> *Que tengas luz de sentir,*
> *que tengas fuerza de ser,*
> *que Dios te dé lo que seas...*
> *¡CORAJE PARA VIVIR!*

¡Sería eso! Que Natalia debía continuar viviendo de un modo mucho más limpio, sin tanto sufrimiento físico y mental, sin tantas luchas internas que desgastasen su energía, y en un punto yo también sentía que mi *energía vital* la destinaba a llenar un recipiente que no tenía fondo; entonces, era como siempre: estar llenando un vaso sin fondo.

A la mañana siguiente, llegó el doctor Claudio, que era quien la había atendido y conseguido la cama para su internación, y le indicó extremo reposo, por lo menos por un mes, pero debido a su inflamación abdominal y al haber un exceso de líquido que impedía que órganos vitales como el hígado y los riñones funcionasen correctamente, pidió hacer un estudio complementario, no solo ya análisis de sangre y orina, sino, además, una ecografía y una tomografía computada para una correcta evaluación del diagnóstico.

Por supuesto que no volvimos a nuestra casa enseguida. A todo esto, creo que Bárbara se había quedado sola en la casa, pero, gracias a Dios, siempre fue muy responsable en sus actos desde pequeña y se las arreglaba solita para hacerse de comer y, lejos de molestar, siempre ayudaba a descomprimir los cuadros de estrés.

Pasamos por el hospital público, donde nos estaba esperando una médica amiga de toda la vida —la Lili, como le decimos—, junto a un equipo interdisciplinario, un ecógrafo y un médico cirujano.

Después de permanecer algunas horas en la sala de guardia para compensar sus funciones vitales, la llevamos en camilla a la sala de rayos X, donde se le harían las ya solicitadas ecografía y la tomografía para su posterior evaluación.

Como yo permanecía a su lado en todo momento para hacerle compañía y animarla. Podía ver las caras y analizar el comportamiento de los médicos en lo gestual, y por lo que estaba viendo manifestarse no resultaba muy alentador el panorama.

No tardó en confirmarse toda la sospecha que yo tenía al respecto, ya que el doctor que estaba realizando la ecografía me comentó por lo bajo:

—No va a quedar otra salida que intervenir quirúrgicamente para aliviar la presión abdominal existente sobre los órganos, debido a la gran cantidad de líquido, y este es muy difícil que se reabsorba.

Salí un instante al pasillo y me puse en el lugar de Natalia, pensando y sintiendo cómo ella estaba viviendo toda esta situación, y, encima, agregarle el trauma de operar, abrir su abdomen. Era una situación límite indeseada.

Después de realizados todos los estudios, fuimos a una sala común, donde en una cama estaba recostada y tratando de descansar y relajarse Natalia. No había pasado media hora cuando irrumpió en la salita la doctora Lili, acompañada de un experto médico cirujano, quienes, a modo de improvisado parte, comenzaron a dialogar con nosotros, arribando y determinando finalmente que dado que los líquidos en su abdomen no se reabsorbían, iban a tener que intervenirla quirúrgicamente, puesto que mucho no se podía esperar, a lo sumo algunas horas. Terminada toda esta escena, fuimos dejados en soledad para deliberar, analizar y tomar una decisión al respecto. Después de unos larguísimos minutos de silencio que parecían no tener fin, como tampoco salida, Natalia me miró fijo y fuertemente, con mirada muy acosante, como hacía rato no lo hacía, me tomó de la mano y, con firmeza, me dijo:

—¡Joe, sacame de acá! ¡Salvame! Una vez más te lo pido, ayudame a pararme y vamos a casa. ¡Ayudame a ponerme bien!

Como yo nunca le fallé y no perdí nunca la fe de los buenos, siempre fui también de alguna manera un loco suelto en su locura. No lo dudé ni un segundo. Recostada como estaba en la camilla, la saqué hasta un pasillo exterior, donde había estacionada una ambulancia, la paré para que apoyara las dos patitas en el suelo, y así, con las pocas fuerzas que tenía y la mucha dificultad, apoyándose en mí, cruzamos hasta nuestra casa, que queda calle de por medio del hospital.

Entramos a la casa y la llevé hasta nuestra habitación, donde, recostada y exhausta, se quedó dormida como un bebé.

Aquella noche, curiosamente, era la última del año, cuando todo el mundo festeja lo que se conoce como Año Nuevo. Sin dudas, por el paupérrimo estado de Natalia no íbamos a poder ir a ninguna parte. La cuestión siempre había sido, al menos en vida de su mamá, Betty, como cuestión familiar, pasar la Navidad en la casa de mis padres, a la cual asistían todos mis hermanos y, luego de los brindis, salíamos de recorrida a saludar y festejar con amigos y otros familiares.

En cambio, para Año Nuevo, la cena y posteriores festejos y brindis se realizaban en la casa de los padres de ella, pero ahora, desde que su mamá había muerto, a veces íbamos a lo de su padre con su pareja, y otras no. Pasaba que sus familiares más cercanos estaban muy ofendidos con su padre, porque este había comenzado a tener relaciones con su actual pareja cuando su mamá estaba convaleciente, en su lecho de muerte; lo que se dice un verdadero *hijo de puta*.

Igual, con las pocas fuerzas que Natalia tenía no podía permanecer incorporada más de unos minutos, entonces no quedaba otra salida que recibir el año en su cama, y yo a su lado, pero siempre con una sonrisa para ahuyentar a la parca, ¡ja, ja!

Bárbara se había ido a cenar a la casa de su amiga Marianela, porque luego saldrían a recibir el Año Nuevo bailando y cantando.

Yo había improvisado una especie de mesita chiquita entre la cama y una sillita donde me senté y compartimos así la última cena de ese año. Yo brindé y ella también. A pesar de todo, estábamos unidos y luchando, pero a la cuestión física se le sumaban muchos condimentos que se habían ido añadiendo en los últimos años. Era como si inevitablemente una tormenta se avecinara y los negros nubarrones se mostraran sin pudor.

—¡Dale, vida! —le dije—. Vas a salir de esta una vez más.

Ella no pudo abandonar la cama luego de ingerir lo poco que su estómago le permitió. Yo, como siempre lo hago desde chico, para esa ocasión caminé hacia la calle cuando pasaron las doce de la medianoche y, luego de haber brindado, le pedí al universo que salvase de las garras del averno a mi reina, usándome como soldado, rey y gladiador.

Una vez ubicado en la calle, pude contemplar ese espectáculo que se suscita en estas fechas, con multitudinarios, coloridos y estruendosos fuegos artificiales, formando millones de figuras imaginarias en el estrellado cielo. Temprano, cuando se aplacaron un poco los ruidos de los fuegos, nos dispusimos a dormir.

Como siempre, con un beso en la frente, otra vez le dije:

—Hasta mañana, mi amor. ¡Que descanses!

Y a su lado, tipo cucharita, nos quedamos dormidos. Dormido en el plano físico, pasé a la cuarta dimensión o coordenada, donde, con la sonrisa de siempre, mi Divina Madre *Devi* me aguardaba para darme unas palabras que, por su majestuosidad, soberbia y grandeza, no recuerdo haber escuchado en toda esta vida; nada semejante ni de tanta belleza y esplendor.

Luego, haciendo un escueto análisis, era como una explicación de por qué estamos deteriorando las cosas de este mundo, anteponiendo a todo lo que hacemos apetencias personales y mezquindades humanas, teñidas con todas las miserias que seamos capaces de imaginar, en un punto sin retorno donde salvajemente el ser humano —que de humano no tiene nada— usa el sálvese quien pueda. Entonces, *Devi*, amorosa, *Devi* de luz, me tomó de las manos y, mirando a través de mis ojos hasta el fondo de mi alma, así me habló:

—*No es para que te sientas mal ni tampoco para que lo tomes en forma personal o tan literalmente, pero sí como raza han hecho cosas que son casi imposibles de creer por el grado de salvajismo y oscuridad que poseen. Esto que voy a recitarte, hijito mío, no tiene que ver con ninguna religión en especial, así como tampoco con si el hombre es creyente o no creyente; esto les cabe a todos por igual como raza en general, y su significado y simbolismo es de una elevación tal que a la gran mayoría de los hombres les resulta fuera de su órbita de comprensión humanoide, y se llama, hijo mío:*

EL DÉCIMO MISTERIO DE LA CRUZ

*Hijo mío, deberéis recordar que el Creador
te puso en un paraíso a gozar de él, y tú te
olvidaste de su recomendación, por lo cual fuiste
echado de allí:
Te entregamos una madre, la maltrataste.
Te entregamos un padre, lo desobedeciste.
Te entregamos un hijo, lo abandonaste.
Te dimos un amigo, lo traicionaste.
Te dimos una esposa, no la comprendiste.
Te dimos un altar, lo mancillaste.
Te dimos leyes y no las cumpliste.
Te dimos la vida, la mataste.
Te dimos poderes, hiciste mal uso de ellos.
Te dimos subordinados, los humillaste.
Te dimos un sentido de la vista, viste lo que no
debías ver.
Te dimos un sentido del oído, oíste lo que no
debías oír.
Te dimos un sentido del olfato, oliste los aromas
seductores.
Te dimos un sentido del gusto, gustaste lo que
hizo perdición.
Te dimos un sentido del tacto, tocaste lo que no*

debías tocar.
Te dimos la palabra, maldijiste a los santos,
dijiste mentiras y juraste en falso.
Te dimos amor, con él te pervertiste.
Te dimos una verdad, la tornaste mentira,
hablaste lo que debías callar, buscaste lo que te
mataba.
Te dimo agua, la ensuciaste.
Te dimos aire, lo contaminaste.
Te dimos fuego, te quemaste.
Te dimos tierra, hiciste malas siembras.
Te dimos leyes, las violaste.
Te dimos poder, humillaste al débil.
Te pusimos en medio de la humanidad, te
desequilibraste.
Te dimos dimensiones para que en ellas vivieras
y en todas hiciste un reinado.
Te pusimos en el camino de tu propia redención,
te devolviste de él y te marchaste al abismo.
Te dimos una cruz para tu redención, en ella
moriste pero no resucitaste.
Te nombramos rey de la naturaleza, destruiste
a todas las criaturas menores y maltrataste a esa
madre.
Viéndote así, mandó a su Hijo, el Cristo, a
redimirte, y tú, hijo mío, en lugar de oírle,
aprender de él y arrepentirte, te juntaste con los
traidores que lo maltrataron e hiciste igual.
Te hicimos rey de la naturaleza, hiciste un
imperio de la vida.

Como en una gran caja de resonancia quedaron sus palabras suspendidas en el éter, tanto que podían leerse como una nube bordada en el cielo.

Con el cuerpo al límite de mis fuerzas corporales, la musculatura cansada como un guerrero que vuelve de una batalla de gigantes, el rostro empapado y mis lagrimales secos de tanto llanto derramado como enjugando o lavando todo el daño vivido en pos de la redención y comprensión aplicable a todos los sucesos, me desperté aletargado y me costaba mucho tener conciencia de dónde estaba, cómo y con quién.

Suavemente, me levanté de la cama para no despertar a Natalia, que aparentaba haber pasado una noche de descanso; al menos su rostro distendido y relajado así lo indicaba.

Marché hacia la cocina, donde despacio encendí la hornalla, puse la pava con agua a calentar y, como muchas mañanas, preparé unos ricos mates, volví a la habitación y me senté a su lado en la cama, a esperar que despertase y compartir la infusión. Suavemente, abrió sus ojazos tan celestes como un cielo y le deseé buen día. Ella nunca respondía, pero eso a mí no me molestaba, porque yo sabía que su deseo era idéntico al mío en cuanto a pasar buenos días.

Se incorporó, sentándose en la cama, y luego de compartir unos mates en silencio, me pidió que le ayudase a ponerse de pie para vestirse, y de repente, como una decisión ya tomada, sin mirarme, me dijo:

—¡Joe! Nos vamos al mar, a la casita.

Era 1 de enero, el primer día del año; hacía muchísimo calor, como es propio de la época, y me parecía buena determinación pasar, como todos los veranos, nuestros días junto al mar, en la casita que fue contención tantas veces de nuestros sueños y esperanzas. Como la casita, a pesar de ser muy sencilla, consta de un gran parque con enormes pinos y una piscina pequeña, y es muy fresca y aireada, íbamos a estar más cómodos y relajados en contacto con lo natural.

Cargué en nuestro auto algunas ropas, utensilios de cocina y otros elementos que siempre llevábamos para uso diario, ayudé a llegar a Natalia hasta el vehículo y, una vez que estuvo instalada y sentada, subí a toda nuestra tropa de animalitos, que constaba de dos perritos y dos gatos. Siempre hubo muchos animalitos de todo tipo en nuestra casa, porque a nuestra hija, Bárbara, le habíamos inculcado de crianza el amor por la naturaleza y los animales; entonces, siempre estaba recogiendo en la calle cachorros abandonados y cualquier animalito para ofrecerle alojamiento en nuestro hogar.

Despacio, pero sin pausa, emprendimos nuestro viaje de escasos treinta kilómetros que nos separaban de la casita junto al mar, disfrutando como nunca del paisaje archiconocido del camino tantas veces andado. Llegamos a destino, bajaron corriendo los animalitos, que ya conocían el lugar, y abrí la puerta y las ventanas de la casa para que la brisa que venía del mar envolviera y energizara toda la casa.

Natalia bajó muy despacio, pero solita, y con suaves movimientos se instaló en el centro del jardín, en una silla, a llenarse los pulmones con suaves inspiraciones, mientras mantenía sus ojos cerrados.

Como cada temporada que íbamos a pasar esos largos y amados veranos, realicé toda aquella tarde la limpieza de la casa, acomodando las cosas, preparando los dormitorios y, además, prendí un fueguito en una parrillita que teníamos en el garaje, donde iba a hacerle lo que tanto le agradaba a Natalia para cenar: un rico pollito a la parrilla con ensalada de zanahorias y pan tostado a las brasas. Traté de no hablarle ni siquiera durante aquellas horas que ella, aparte de descansar, parecía, a modo de meditación, realizar una retrospectiva de todo lo sucedido en esos últimos días tan castigados para su integridad. Una vez que estuvo todo limpio y ordenado, preparé la mesa de una forma muy sencilla, con un mantelito blanco. Puse sobre la mesa la ensalada y, una vez que ella estuvo sentada, serví las presas del pollo ya cocido, con las alitas bien tostadas, como a ella le gustaban. Cenamos en forma muy amena y tranquila, y luego de disfrutar de esa comida y un rico té digestivo, nos fuimos a dormir hasta el otro día, donde habíamos acordado que yo la ayudaría a recuperar lo máximo que se pudiera lograr de su condición física, en principio, con caminatas en la playa.

Despertamos muy temprano, como siempre sucedía en ese lugar maravilloso, con el cantar de cientos de variedades de pájaros, ya que en la frondosa arboleda que rodeaba a la casa anidaban aves de todo tipo y color. Es realmente muy energizante escuchar una especie de silencio de fondo, el run run de las olas del mar y el trinar de cuanta ave pase por allí.

Desayunamos sin prisa, pero muy expectantes, y una vez subidos al automóvil, nos dirigimos hacia el sector de playa preferido por nosotros, un lugar donde en el mar desemboca un inmenso río llamado Negro.

Bajamos del auto y ella, apoyada en mi hombro, solo podía sostener la marcha durante un par de minutos y hacer largas pausas hasta intentar reanudar la caminata.

Sin medir si aquello realizado ese primer nuevo día era mucho o era poco, nos parecía más que bueno que estábamos avanzando, no sé si a una curación, pero sí a un punto más vital y dinámico.

Día tras día, en un lapso de un mes aproximadamente, realizamos la misma rutina de recuperación, y cada jornada los avances eran significativos, porque ella lograba caminar más distancia y su flexibilidad aumentaba y mejoraba, así como también su fuerza, y hasta su voluntad parecía verse fortalecida.

Ya había variado sustancialmente la intensidad de la caminata y en algunos puntos se convertía en un incipiente trote. A veces, cuando concluía sus caminatas, que ya andaban en algunos kilómetros, nos quedábamos compartiendo horas de charla y mates —o, como siempre decíamos, compartíamos pedazos de nuestras vidas—, o bien yo regresaba a la casa en busca de provisiones para pasar todo el día en la playa hasta el anochecer, puesto que los atardeceres en nuestro mar son muy especiales. En fin, una de las cosas que más le gustaba a Natalia y que disfrutaba hasta el éxtasis era tomar horas, pero horas de rico y calentito sol.

Una de esas hermosas tardes al sol, sobre la arena caliente, donde compartíamos nuestro tiempo de disfrute, yo le dije lo que para mi sentir significaba una mujer en la vida de un hombre, y le leí los versos de Víctor Hugo:

> ¡El hombre es la más elevada de las criaturas,
> la mujer es el más sublime de los ideales!
> Dios hizo para el hombre un trono; para la
> mujer, un altar.
> El trono exalta, el altar santifica.
> El hombre es el cerebro, la mujer, el corazón.
> El cerebro fabrica la luz, el corazón produce el
> amor.
> La luz fecunda, el amor resucita.
> El hombre es fuerte por la razón,
> la mujer es invencible por las lágrimas.
> La razón convence, las lágrimas conmueven.
> El hombre es capaz de todos los heroísmos,
> la mujer, de todos los martirios.
> El heroísmo ennoblece, el martirio sublimiza.
> El hombre tiene la supremacía, la mujer, la
> preferencia.
> La supremacía significa la fuerza,
> la preferencia representa el derecho.
> El hombre es un genio, la mujer, un ángel.
> El genio es inmensurable, el ángel, indefinible.
> La inspiración del hombre es la suprema gloria.
> La aspiración de la mujer es la virtud extrema.
> La gloria hace todo lo grande.
> La virtud hace todo lo divino.

El hombre es un código, la mujer, un Evangelio.
El código corrige, el Evangelio perfecciona.
El hombre piensa, la mujer sueña.
Pensar es tener en el cráneo una larva,
soñar es tener en la frente una aureola.
El hombre es un océano, la mujer es un lago.
El océano tiene la perla que adorna,
el lago, la poesía que deslumbra.
El hombre es el águila que vuela,
la mujer es el ruiseñor que canta.
Volar es dominar el espacio, cantar es conquistar
el alma.
El hombre es un templo, la mujer es el sagrario.
Ante el templo, nos descubrimos,
ante el sagrario, nos arrodillamos.
En fin: el hombre está colocado donde termina
la tierra,
la mujer, donde comienza el cielo.

—Joe —me dijo Natalia—, es tan reconfortante todo lo que vos me das que siento como más de una vez pude sentir que estoy viva por tu inmenso amor y que mi corazón late por empatía hacia los latidos del tuyo, pero cuando veo hacia adentro, continúan peleando dos lobos en mi interior, el lobo blanco y el lobo negro, que es más fuerte y casi siempre gana, y me mira con fiereza a los ojos y me dice: "No te voy a dejar salir de esta prisión a no ser de que algún día me mates y solo así puedas liberarte de tus propias cadenas".

—Está bien, amor —le dije—, pero siento que por ahora el único camino que hay para intentar es vivir el aquí y ahora, o sea, el hoy, porque pensá lo siguiente con respecto al ayer y al mañana: si vos querés, se pueden pluralizar. O sea que hay *ayeres* y existen *mañanas*, pero nunca hay *hoyes*, porque el hoy es uno solo, es aquí y ahora. Te propongo poner INTENSIDAD AL

ESPÍRITU; FUERZA A LA VOLUNTAD; BRILLO A LA IMAGINACIÓN; NOBLEZA AL CORAZÓN. No es el mejor remedio; es el único que yo conozco: se llama *amor*, por el cual equivocadamente muchos matan.

Ella me dijo:

—Loco Joe, te escucho y me parece ver la luz de la salida al final del túnel, pero la espiral de mis mentes no termina de enrollarse, desenrollarse, nunca, y es que la indomable figura de mi adicción tiene una lucha a matar o morir con la Justicia y todo lo que esto implica: bien o mal, bueno o malo, blanco o negro; con la propia Muerte, que no es más que el principio y el fin de todas las cosas, y si hay continuación; y con el Poder, externo y, por sobre todo, interior: poder de crear, de hacer, etcétera. Y en esa trilogía se centrifuga mi acelerada cabecita: JUSTICIA-MUERTE-PODER-JUSTICIA-MUERTE-PODER-JUSTICIA-MUERTE-PODER. Y me resulta imposible parar la calesita, que solamente se calma un poco cuando logro expulsar algún fantasma de mi interior. Creo que para aliviar en algo la presión que siempre sentí voy a tener que *matar* algo dentro o fuera de mí para dejar un casillero vacío o por algún tiempito la máquina en *stand-by*.

Creo que siempre nos manejamos en el límite de la cordura y equilibrando lo que para algunos es normal —normal obedece a norma = todos igualitos—, porque yo siempre le dije que para muchos la mediocridad es normal; la locura es poder ver más allá, y a veces se enojaba mucho y me decía:

—Si estoy loca es cosa mía.

No sé muy bien a cuál de todas le hablaba o cuál de ellas me respondía, pero lo cierto es que cuando la situación parecía ponerle un límite o un coto al desmadre de su atribulada voluntad se quedaba ausente, como dormida, y la imagen de mi querida Madre Interior *Devi*, aparecía y me decía vívidamente:

—*Rey, no le hables más, porque ya no está.*

Descomponer, reducir, explicar, identificar... han de ser, sin duda, un beneficio para la inteligencia, puesto que indiscutiblemente se trata de una pérdida para el goce. Como Edipo Rey:

> *No quiero amor,*
> *no quiero vino.*
> *El amor me hace languidecer;*
> *el vino me hace vomitar.*
> *¿Podrás atreverte a no pensar jamás en*
> *obtenerme?*
> *Mi frío ardor es mortal y bailo sobre cadáveres.*
> *Morir es un arte como cualquier otra cosa,*
> *lo practico admirablemente bien.*
> *Oh, luz, es la última vez que te veo.*
> *He nacido de quien no debía, estoy unido con*
> *quien no debo, he matado a quien no habría*
> *debido.*
> *Dios mío, concédeme convertirme en nada.*
> *No he visto mi nacimiento, pero espero ver mi*
> *muerte.*
> *A DECIR VERDAD, LA CUESTIÓN NO ES CÓMO SER*
> *CURADO, ¡SINO CÓMO VIVIR!*

Como en cualquier adicción o patología que se precie de tal, el sujeto termina destruyendo lo que más ama, por ser lo que conoce y más a mano tiene. Esto me hacía sentir, por mi percepción, pero también por lógica sencilla, que esa criatura por mí y nosotros increada corría extremo peligro y, en alguna manera, yo, aunque fuera HIGHLANDER, también, entonces, había que usar algún escudo protector para tratar de salir con vida de la batalla que se avecinaba, que quizá fuera la batalla final. Nunca se sabe. Aquella tarde-noche, regresamos a la casa. Como siempre, tomaba unos mates y puse unas verduras a hervir para la cena. Me puse a cortar el césped del jardín, que en verano crece muy deprisa, y me asaltaron extraños pensamientos, porque mi intuición me decía que Natalia estaba a punto de patear el tablero, casi justo cuando se encontraba en jaque-mate.

Cenamos. Luego, como era una noche de extremo calor, dimos un pequeño paseo por la villa, con nuestros perritos, y tomamos un helado, mientras volvíamos a la casa a descansar hasta el otro día.

El irnos a dormir fue como bajar un telón de una obra que había cumplido su ciclo.

A la mañana siguiente, Natalia se levantó mucho antes que de costumbre, casi una hora antes, tal es así que apenas había amanecido. Me acercó a la cama un termo con agua caliente y el mate para que tomara aún acostado, y me dijo:

—Me voy a correr sola por la playa. Después te llamo.

Me incorporé y, sentado en la cama, saboreando el amargor de mis mates, con la compañía de mis perros, estuve un par de horas sin poder pensar en nada, aunque parezca difícil.

Pensar en nada es la sensación del instante en que vivimos cuando en una tormenta vemos caer un rayo y aguardamos el instante en que el sonido llega a nuestros oídos. Eso mismo, pero prolongado en un lapso más extenso, era lo que me había sucedido.

A media mañana, me levanté tranquilo. Como siempre, salí con los perros al jardín, mientras disfrutaba de un sol radiante y el canto de todos los pájaros.

Estaba en el jardín, jugando con mis perritos, Chicha y Santino, cuando aguda y estrepitosamente sonó mi teléfono celular, con un llamado de Natalia. Era casi el mediodía y el sol caía a plomo, haciendo sentir el rigor de su fuerza y de su fuego. Atendí el teléfono y en forma escueta y cortante, con su acostumbrado laconismo, me dijo:

—Venite a la playa, que tengo que hablarte…

No necesitó decirme dónde, en qué lugar encontrarnos, porque desde siempre teníamos nuestro lugar en el mar. Llegué, acercándome despacio a ella, que se encontraba boca abajo, tomando sol, mientras disfrutaba de su aparente estado de paz.

Al llegar, apareció ante mí *Devi*, mi Divina Madre Interior. Le pregunté qué hacía allí y me respondió que ella no me había abandonado nunca en momentos de peligro, y pude sentir cómo puso en mi alma inocente una brillante armadura de plata, y, besándome en la frente, se quedó a mi lado.

Natalia me era desconocida. Sus ojos, que casi siempre eran tiernos, habían perdido toda calma y por ellos se fugaba energía en forma de ira y descontrol.

Le dije:

—¿Qué es lo que pasa? Y aquí estoy, como siempre.

Me respondió:

—No puedo seguir más. Mi interior está desgarrado de tanta lucha. El lobo negro se ha hecho gigante y debo matar a alguien para poder ganar espacio.

Con la característica alma de payaso y pasta de campeón que me caracterizan, vi que un misil Tomahawk apuntaba al centro justo de mi pecho, pero no podía ni debía huir.

—¿Amor? —pregunté—. En todos estos años, jamás te traicioné ni lo haría nunca, sabiendo que la *traición* es un pecado que se paga con *sangre*, pero, decime, ¿qué es lo que he hecho mal o que no he hecho?, si siempre te di e hice todo por vos. Siento que estás a punto de pegarme un tiro con una 45 entre ceja y ceja.

Ya a esta altura, sin medir sus palabras y apuntarme con un disparo certero al centro del corazón, me dijo:

—*¡Eso hiciste, hijo de puta! ¡Siempre hiciste todo por mí! Y siento que aunque te pierda y me falte el oxígeno de por vida, y quede renga y huérfana, por una vez en la vida, ¡yo quiero ser yo!*

Y arrodillado en la arena como estaba, con el pecho inflado al cielo, disparó contra mí toda su ira, blasfemia e infierno de sensaciones.

—*Tu madre vino a salvarte, mi rey. Tu alma salió indemne y brilla y late como nunca. Este manto blanco es para tu cuerpo. Renacerás más de una vez en esta vida; tu nobleza así lo amerita. Hasta tanto, disfruta del reposo del guerrero, guerrero de luna y plata.*

NATALIA, *ALGUNA VEZ MATASTE AL HOMBRE, QUERIENDO JUGAR CON EL NIÑO.*

OTRAS, *MATASTE AL NIÑO, PIDIENDO A GRITOS QUE SE HAGA HOMBRE.*

TAMBIÉN *MATASTE AL POETA, AL LOCO Y AL CASI SABIO.*

HOY..., *MATASTE A TODOS, PORQUE MATASTE AL SOÑADOR...*

HIGHLANDER

ÍNDICE

www.ingramcontent.com/pod-product-compliance
Lightning Source LLC
Chambersburg PA
CBHW020702030726
47498CB00002B/607